뱀파이어 탐정단

뱀파이어
탐정단

초판 1쇄 발행 | 2024년 6월 10일

지은이 | 김재희
펴낸이 | 박영욱
펴낸곳 | (주)북오션

주　소 | 서울시 마포구 월드컵로 14길 62 북오션빌딩
이메일 | bookocean@naver.com
네이버포스트 | post.naver.com/bookocean
페이스북 | facebook.com/bookocean.book
인스타그램 | instagram.com/bookocean777
유튜브 | 쏠쏠TV·쏠쏠라이프TV
전　화 | 편집문의: 02-325-9172　　영업문의: 02-322-6709
팩　스 | 02-3143-3964

출판신고번호 | 제 2007-000197호

ISBN 978-89-6799-820-2 (03810)

김재희 지음

뱀파이어
탐정단

Bookocean

등장인물

 **주다인**(여, 26)
경찰학교를 졸업한 열혈 여형사. 강력계에서 경장으로 근무 중에 암 선고라는 직격탄을 맞았다. 유방암 말기. 가슴 절제와 항암 치료 그리고 기약할 수 없는 시한부 생명의 위협을 느끼면서 생애 처음으로 크나큰 좌절에 휩싸인다. 남친도 없고 누가 암 환자인 자신과 결혼을 할까 걱정이 들지만, 한편으로 1년의 시한부 생명은 너무도 뜻깊다.

그간 경찰 시험에 합격하기 위해 악착같이 살아온 생을 돌아보면서, 후회에 빠져 자포자기 심정이 되어버린다.

다인은 휴가를 내서 마지막으로 실오라기 같은 희망으로 존 듀이 암 케어 병원 한국 분원으로 가는 버스에 오른다.

체력이 뛰어나고, 센스도 좋고 머리도 좋다. 그러나 암 선고 이후 체력도 두뇌회전도 떨어지고 우울감에 빠지지만, 그래도 나을 수 있다는 희망을 품는다.

이세경(여, 26)

의사 출신 헬스 트레이너. 전문의 과정을 밟기 전에 잠시 쉬면서 생활체육 지도사 자격증을 따서 인플루언서 겸 트레이너로 일하고 있다.

체육과 의학을 겸비한 재활의학과 의사가 되기 위해 고민 중이다가 위암 진단을 받았다.

그간 인턴을 하면서 밤에 먹은 야식이나 인스턴트 음식 등을 돌아보게 된다. 건강전도사인 트레이너 게다가 전문의가 될 사람으로서 자신의 암 선고는 치명타처럼 여겨진다.

미국에 건너가 치료를 받을까 대체의학 마을에 들어갈까 고민하다가 마지막으로 위암 말기 환자를 치유한 존 듀이 암 케어 병원으로 가서 신약시험에 자원한다.

주다인과 만나서 친구가 되지만 다른 성격으로 티격태격하기도 서로의 암을 걱정해주면서 치유가 되기도 한다.

오주미 (여, 26세)

고등학교 교사. 학생들을 일사불란하게 다루는 열혈 교사. 비건이다. 학교 급식에서 비건 용으로 따로 주문한다. 동물 권리 운동을 하고 채식을 실천하고 1인 시위를 하기도 한다. 췌장암을 선고받고 시한부 1년을 받았다. 학교에 휴가를 내고 암 케어 병원으로 향한다. 체구도 작고 여리여리하지만, 화끈하게 나갈 때는 앞장서 나간다. 생물과 교사로 추리소설 매니아다.

존 듀이 주니어(남, 30세)

미국에서 명문대학을 졸업한 의학박사이다. 15세에 하버드에 진학한 천재이고 할아버지가 세운 병원의 한국 분원에서 원장으로 일하고 있다. 조상 대대로 영국 귀족 출신이다. 할아버지가 미국으로 건너가 암 케어 병원을 세웠고 자신이 한국 분원의 원장으로 온 것이다. 30세라고는 하지만, 얼굴에 특히 눈빛에 무한한 연민과 아픔의 세월 혹은 어떨 때는 차가운 냉혹함이 서려 있다. 차가워 보이지만, 이는 그의 정체와 무관하지 않다.

유춘시(남, 30세)

하이브리드 뱀파이어 족 사령관. 힘이 약해져 숨어 있다가 악성 신
생물 유전자를 받아들여 막강한 악의 세력으로 태어난다. 인간의
세계를 지배하려는 야욕이 있다. 수많은 인간 사역마와 부하 하이
브리드족 뱀파이어들의 우두머리이다.

전명구(남, 30세)

한의사. 존 듀이 암 케어 병원에 한방 재활관리로 지원해 근무 중이
다. 차분하고 조용하고 다정한 성격이다. 병원에 비밀을 알아내려
한다.

이승훈(남, 28세)

한식당 직원. 이세경의 멘토이자 마음을 다스려주는 훈남.

차례

등장인물   004

암 선고를 받은 날   012

존 듀이 암 케어 병원으로 가는 버스 안   027

모두 같은 소원   036

특이한 검사들   039

병원 주변의 음산한 기운   042

기이한 현실과 꿈의 차이   045

내게 다른 생이 주어진다면   059

나에게 새겨진 생명의 징표   067

뱀파이어로서의 새로운 삶   086

초인적 힘의 정체는 바로   093

고블린 모드   098

아파트에서 나는 괴이한 소음   104

인플루언서 살인사건   118

하이브리드 뱀파이어들의 폭동   128

오 교수의 정체   132

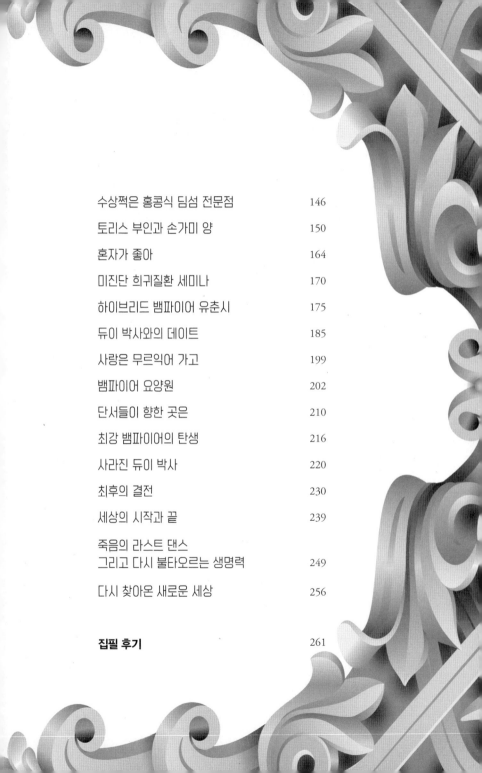

수상쩍은 홍콩식 딤섬 전문점 　　146

토리스 부인과 손가미 양 　　150

혼자가 좋아 　　164

미진단 희귀질환 세미나 　　170

하이브리드 뱀파이어 유춘시 　　175

듀이 박사와의 데이트 　　185

사랑은 무르익어 가고 　　199

뱀파이어 요양원 　　202

단서들이 향한 곳은 　　210

최강 뱀파이어의 탄생 　　216

사라진 듀이 박사 　　220

최후의 결전 　　230

세상의 시작과 끝 　　239

죽음의 라스트 댄스
그리고 다시 불타오르는 생명력 　　249

다시 찾아온 새로운 세상 　　256

집필 후기 　　261

뱀파이어 탐정단

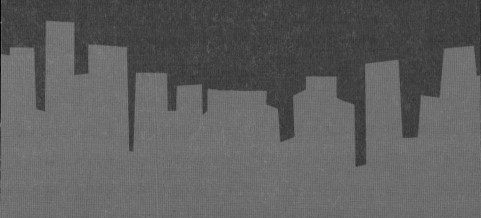

암 선고를 받은 날

주다인은 샤워 후에 헤어드라이기로 머리를 말렸다. 머리를 묶다가 폰을 들어 어제 전송받은 피해자 사진을 유심히 살폈다.

변사사건이었다. 타살로 추정되는데 확실치는 않았다. 피해자 소홍연은 갓 스물을 넘은 여성이었다. 피가 빠져나가 핏기가 없는 얼굴이었다.

"도대체 피를 어떻게 빼는 거야?"

주다인은 작게 중얼거렸다. 소홍연은 간암 말기 환자로 대학병원에서 치료를 받고 돌아가던 중에 납치돼 살해됐다. 시한부 6개월의 환자로, 항암 중에 피살된 것이다. 주다인은 이렇게 젊은 21세의 여자가 암 환자라는 게 실감이 되지 않았다. 젊은 나이에 암을 판정받다니 안타까웠다.

"엇, 늦겠다."

다인은 검은색 슈트를 입고 준비를 마쳤다. 차를 몰고, 경찰서에 도착하니 이미 선배 형사들이 출근해서 업무를 보고 있었다.

"안녕하세요."

간단한 인사 후에 다인은 자리에 앉아 이메일과 담당 사건 관련 데이터베이스에 접속해 사건 관련 서류를 작성해 올렸다.

오후에 회의실에서 소홍연 살인사건 관련 회의가 열렸다. 서장도 여기 참석했다.

강력계 선용주 팀장은 PPT 화면을 보면서 브리핑했다.

"지난달 15일 사망한 채 발견된 소홍연 씨는 21세에 말기 간암을 선고받은 환자였습니다. 암전문병원인 강동구 위치 애덤 암센터에서 항암 치료를 받고 나서 집으로 돌아가던 중에, 친구를 만나 식사를 하였습니다. 그날 자정 연락이 되지 않은 가족들이 신고했고, 공원 인근의 골목에서 쓰러져 발견됐습니다. 처음 응급실에 실려왔을 때 가족들은 질환으로 인해 쓰러진 거라 생각했다고 합니다.

온몸에 피가 없는 상태로 발견돼 타살이 의심됩니다. 다만 목덜미에 자그마한 상처 말고는 별다른 주삿바늘이나 상처가 없는 걸로 보아 사인이 특이하다는 검안의의 소견입니다."

경찰서 서장이 질문했다.

"선 팀장, 그렇게 피가 사라진 게 피해자가 암에 걸린 일과 연관이 있을까?"

"제가 애덤 암센터의 담당 주치의를 만나 조사했지만 관련이 없고, 주치의도 이런 일이 있냐며 놀라는 반응을 보였습니다. 별다른 외상이나 혈흔 없이 이렇게 피만 사라진 시신은 처음 본다고 했습니다."

"이번 사건은 선 팀장 팀이 담당하고, 피해자가 일단 암을 앓고 있다고 하니 관련해 연관된 의료인이나 주변인이 있는지 알아보도록. 그리고 이번 사건은 부검 후에 정확한 사인을 알고 나서 면밀하게 들여다보는 게 좋을 것 같군."

"네, 알겠습니다. 서장님."

1주일 후에 부검 보고서가 도착했다. 주다인은 사무실에서 보고서를 검토했다.

소홍연은 몸에서 피가 80퍼센트 이상 빠져나간 실혈사였다. 하지만 발견된 곳에서 바닥에 혈흔이 없는 걸로 봐서 다른 곳에서 사망한 후 이동된 것으로 추정되었다.

간에서는 악성 종양이 발견되었지만 시한부 선고를 받을 정도 크기는 아닌 걸로 추정된다는 소견이 적혀 있었다. 다인은 고개를 갸웃했다.

얼른 소홍연이 다니던 병원서 받아온 진료 차트를 열어보았다. 유족에게 부탁해 얻은 것이다.

초음파와 MRI 자료로 보아 거의 7센티미터에 이르는 악성 종양은 부검 보고서에는 3센티미터 정도로 나와 있었다. 아무리 항암 치료 중이라고 해도 이 정도로 작아질 수 있을까 의아했다.

다인은 즉시 애덤 암센터에 전화를 걸어 주치의에게 문의를 했는데, 의사도 수술을 안 했는데 갑자기 작아질 수는 없다고 말했다.

다인은 이 부분을 팀장에게 보고하고, 일단 소홍연 주변인부터 파악했다. 소홍연은 고등학교 졸업 후에 카페에서 알바를 하면서, 공무원 시험을 준비하던 중이었다. 병을 선고받고는 치료를 위해 잠시 중단을 했다.

남자친구는 없고, 고등학교 친구들과 교류를 했다. 최근에 간암을 선고받아 암 관련 포털 카페에 질문을 올리면서 포털 카페 사람들과 메시지를 주고받은 흔적들이 있었다. 유족들에게 제출받은 소홍연의 휴대전화로 알아낸 결과다.

다인은 포털 카페에서 카페 매니저 '다다익선'과 주고받은 소홍연의 메시지를 유심히 살폈다.

소홍연은 '홍여니' 아이디로 활동을 했다.

– 홍여니 님, 정말 젊은 나이에 말기 판정을 받고 힘드시겠어요. 힘들더라도 기운 내시고, 제가 도울 수 있는 일은 도와드릴게요.

– 고마워요, 다다익선 님. 혹시 다다익선은 님은 어떻게 간암 4기에서 완치되셨는지 그 과정을 제가 열심히 배워 나갈 수 있을까요? 물론 카페에 올린 글에도 도움을 받았지만, 중간중간 항암하다가 모르는 것은 여쭤볼게요.

– 물론이죠. 오프에서 만나서 이야기 나눠도 좋아요. 같은 처지인 환우분들에게 용기를 주고 싶고, 저처럼 완치되는 길로 안내해드리고 싶어요.

메시지는 이렇게 오고 갔다. 실제로 만났는지는 모르겠지만, 저 다다익선이라는 사람을 만나보는 것도 좋을 것 같았다.

그날 밤 다인은 자기 전에 목부터 가슴까지 상체를 세세히 더듬어 만졌다. 고모가 암으로 수술을 받은 가족력이 있고, 자신도 유방 초음파를 했을 때 양성 혹이 나왔다. 신경 쓰이기는 했는데, 이렇게 젊은 암 환자를 보니 걱정이 되었다. 목 앞에 혹이 만져지면 갑상선 암이고, 가슴에 멍울이 만져지면 유방암이라던데.

다인은 목과 가슴을 만지다 갑자기 유두 위 부분에서 딱딱한 멍울이 만져져 멈칫 놀랐다.

"설마⋯."

다인은 다음날 비번이라서 쉬던 중에 근처 유방외과 병원에 들어가 진료대기실에 앉았다. 간호사가 인적 사항을 적은 서류를 입력하면서 말했다.

"정말 운이 좋으세요. 앞에 예약한 환자분이 취소하셨어요. 들어오세요."

초음파실로 들어간 다인은 조용히 진료를 받았다.

"음, 이 부위에 혹이 있네요."

"네?"

"꽤 커요. 양성 섬유선종일 수 있지만, 이건 조직검사를 진행해서, 맘모톰으로 제거를 하는 게 좋습니다."

"저, 암은 아닌가요?"

의사는 미소를 지었다.

"섬유선종은 암은 아니에요. 나이도 아직 젊으시고요. 1주일 후에 오세요."

1주일 동안 다인은 속이 타들어갔다. 그동안 소홍연 살인사건 탐문을 하다가도 휴대전화로 유방암 초음파 사진을 검색했다. 설마 아니겠지 하는 심정이지만, 수시로 각종 증세를 검색했다.

1주일 후, 다인은 병원에 전화했다.

"여보세요, 병원이죠…. 주다인 환자인데요. 오늘 검사 결과 나왔나요?"

"네, 원장님께 직접 들으세요. 진료시간 때 뵐게요."

주다인은 감이 좋지 않았다. 보통 양성이면 결과를 알려준다. 그런데 왜 말을 안 하는 걸까. 병원에 차를 몰고 도착한 주다인은 진료시간이 되어 원장실로 들어갔다.

"앉으세요."

간호사 한 명이 서류를 들고 와서 읽었다.

"저희 병원에서 진행한 검사결과가 나와 힘드시겠지만, 저희 병원은 신속하게 대학병원 유방외과에 연락드려 진료 예약을 도와드릴 것이며, 아울러 미리 걱정하지 마시고 빠른 치료를 받으시고 여러 가지 다양한 예후가 있으니 결과가 좋아질 겁니다."

주다인은 손이 덜덜 떨렸다.

"선, 선생님, 결과가 안 좋은 건가요?"

"유방암이고, 종양 사이즈가 큽니다."

"몇, 몇 기인가요?"

"그건 대학병원에서 다시 진찰 검사 받으시고 들으십시오. 초음파와 엑스레이로는 판단이 불가능합니다. MRI나 CT 다시 찍으셔야 돼요."

"저, 저는 스물여섯인데요. 그, 그럴 수도 있나요?"

"요즘은 젊은 분도 많으세요. 이렇게 진행될 때까지 모르셨나요?"

다인은 병원에서 잡아주는 대학병원 진료 날짜를 받고 나왔다. 나와서 건물 앞 주차장 벤치에 앉아 한참이고 진료 의뢰서와 조직 검사 결과지를 보았다. 악성 신생물, 종양 크기와 개수, 그리고 긴급한 진료를 요한다고 쓰여 있었다.

다인은 손이 벌벌 떨렸다. 갑자기 머리가 하얘지면서 과거를 돌이켜 보았다. 혹시 경찰 시험을 준비하느라 몸을 무리해서 그런 걸까? 경찰 일 하면서 스트레스를 많이 받아서일까? 아니면 인스턴트 음식으로 끼니를 때워서? 나는 도대체 무슨 잘못을 했을까? 두 손으로 얼굴을 감싸고 그대로 무너져내렸다.

'오진일지도 몰라. 처음엔 섬유선종이라고 했었잖아. 대학병원에서 다른 결과가 나올 수도 있잖아.'

다인은 그대로 경찰서로 차를 몰아서 업무에 복귀했다.

그날 내내 일이 손에 잡히지 않았다. 간신히 소홍연의 포털 카페 활동과 메시지 주고받은 일, 그리고 피해자 발견 장소의 CCTV를 따오겠다는 정도의 보고만 팀장에게 했다.

2주 후, 다인은 대학병원에서 재검사 결과를 받았다. 유방암 말기. 다인은 그날 밤 머리가 하얘지도록 밤새 고민을 했다.

다음날 그녀는 휴직서를 제출했다. 병가를 내고 당분간 항암 치료를 한다고 이야기를 했다. 선 팀장이 고민스러운 얼굴로 휴직서를 훑어본 후 한숨을 쉬었다.

"우리 장모님이 같은 병으로 고생하시다 가셨는데…. 정말 남 일 같지 않네, 주 형사."

"사건을 맡은 중에 죄송합니다."

"아닐세. 그건 자세하게 보고 서류로 대체하고 치료에 전념해. 그래도 장모님이 암 말기에 1년 시한부 받으셨는데 8년을 더 사셨어. 간절히 살고자 하는 기도를 신께서 저버리지 않은 거지. 자네는 젊으니까, 전력으로 치료에 집중하면 다시 복귀할 날이 있을 거야. 이 사건은 우리 팀이 맡아 수사할 테니 걱정 말고 푹 쉬면서 치료하도록. 그리고 혹시 도울 일 있으면 연락해."

"감사합니다, 팀장님. 저도 제가 이런 날이 올 줄은 정말 상상도 못 했는데, 이제는 당분간 쉬면서 치료에 전념할게요."

선 팀장은 다인의 어깨를 토닥이면서 격려를 했다. 눈시울이 붉어지면서 손을 잡고 치료에 전념하라고 말했다.

다인은 집으로 돌아와 유방암 시한부 말기 판정 등 여러 단어를 검색하면서, 신약 실험을 하는 중이라는 존 듀이 암 케어 병원 홍보를 유심히 보았다.

좀 전에 유방암 환자들의 커뮤니티 포털 카페에서 존 듀이 암 케어 병원 본원에서 말기 암 환자가 완치됐다는 글을 읽은 후라 더 자세히 읽어보았다.

[존 듀이 암 케어 병원 한국 분원에서 시한부 판정을 받은 말기 암 환자분들 대상으로 신약시험에 참가할 분들을 모집합니다.

20대에 처음으로 암 판정을 받은 환자분에 한하며, 4기 이상의 시한부 판정을 받은 분들을 모집합니다. 미국에서 성공한 최신의 항암 요법과 치료를 행할 예정이고, 신약을 시험합니다. 자세한 사항은 이메일과 전화로 문의주십시오.]

　다인은 이메일로 자신의 진료 차트에 나온 내용을 그대로 적어서 문의를 보냈다. 이미 대학병원에서 정상적인 치료로는 시기가 늦었다. 1년 시한부 판정을 받았는데, 신약시험에 응해서라도 살고자 했다.

　살아야 한다. 이렇게 형사로서 인생을 펴기 전에 죽을 수는 없었다.

　그날 밤 다인은 지방에 계신 부모님께 시한부라는 걸 숨기고, 잠시 공부를 위해 형사 일을 쉰다고만 했다. 당뇨로 고생하는 엄마를 위해서라도 일단은 치료로 호전되고 나서 나중에 병의 경과를 말씀드리려 결심했다.

*　*　*

　대학병원의 진료실 앞에서 많은 환자가 대기실에서 자기 이름이 호명되기를 기다렸다.

　"이세경 님, 진료실로 들어오세요."

　간호사가 세경의 이름을 불렀다. 세경은 레깅스에 긴 후드 티셔츠를 입고 떨리는 발걸음으로 진료실을 들어갔다. 중년의 여자 교수가 반갑게 맞이했다.

"세경아."

"교수님….."

"지금 헬스 트레이너 생활은 너한테 잘 맞아? 나도 그 헬스클럽에 가본다고 하면서 등록 못 했네."

"네, 그럭저럭요. 오시면 할인해드릴게요, 후후. 그런데 내시경 결과는 어떻게 나왔어요? 조직검사요…."

"흐음, 그게 저… 세경아. 레지던트 과정은 나중에 밟는 게 좋겠다. 어쩌면 좋니?"

"네?"

세경은 심장이 바닥에 툭 떨어졌다. 올 것이 왔다. 초음파와 각종 검사에서 이상한 흔적이 보였는데, 드디어 최종 조직검사 결과가 나온 것이다.

"악성 신생물이야. 그리고, PET-CT 검사 결과도 그렇고."

"그, 그럼 제 추측대로 말기인가요?"

교수는 입을 다물고 눈시울이 붉어졌다.

"교, 교수님. 그, 그럴 수 없잖아요. 저 스물여섯이라고요. 조직 슬라이드가 바뀐 걸 수도 있어요. 다른 병원에 가서 다시 검사받을게요."

교수는 세경의 손을 잡고 진정시켰다.

"충남에 계룡산 부근에 미국 유명한 존 듀이 암 케어 병원 분원이 들어와 신약시험 환자를 엄선해 추천받고 있어. 내가 너를 리스트에 올려줄게. 우리 병원에서는 이 정도 시기에 맞는 항암제를 찾기가 어려워. 그만큼 시기가 많이 늦었어."

"어흑흑흑."

세경은 눈물을 뚝뚝 흘렸다. 교수가 세경을 안고 다독였다.

"존 듀이 병원에서 기적 같은 신약 시험결과가 나와 전 세계가 주목하고 있어. 특히 20대 암 환자에게는 더 큰 효과를 발휘해. 거기에 가서 진료를 받고 나아져서 우리 병원에 다시 와."

"교, 교수님…."

세경은 병원 진료를 마치고 지하에 있는 식당가로 향했다. 속이 허전했다. 비싸고 품질 좋은 음식을 먹고 싶었다. 밥을 끊고 닭가슴살 등의 단백질 식단을 한 지 오래였지만 이제는 끝이다. 누가 말기 암 환자에게 퍼스널 트레이닝을 받고 싶겠는가.

세경은 피아노곡이 울리는 고급 한정식 식당을 찾았다. 세경은 한정식 코스 요리를 1인분 시켜놓고 휴대전화로 존 듀이 병원 관련 신문기사와 논문 등을 찾아 읽었다.

'기적적으로 20대 유방암, 간암, 폐암 환자를 신약으로 완치시킨 존 듀이 병원.'이라는 기사가 여러 개 나와 있었다. 기사를 읽는 중에 요리가 나왔다. 세경은 밥을 한술 떠먹으려 했다.

서빙을 하는 20대의 훈남 직원이 메인 요리 불고기 전골을 세경의 테이블에 올려주었다.

세경은 갑자기 쿡, 눈물이 터져 수저를 떨어뜨리고 고개를 숙였다. 그녀의 긴 머리카락이 테이블에 늘어졌다.

"손님, 무슨 일이세요?"

"흐흑흐흑. 아, 아무 일도 아니에요…."

"제가 뭐 도와드릴 일 없을지요. 따뜻한 차 한 잔 드릴까요?"

그녀는 고개를 들고 식당을 살폈다.

"손님 없으면 잠깐 제 얘기 좀 들어주세요."

"네?"

세경은 남자의 가슴에 이름표를 본다.

"이승훈 씨, 제 이야기 좀 들어주세요."

승훈은 맞은편에 슬며시 앉는다.

"잠깐은 됩니다."

"전 의대를 졸업하고 인턴 과정을 밟았어요."

승훈은 잠자코 듣기만 했다. 세경은 냅킨으로 눈가에 눈물을 닦아냈다.

"그런데 레지던트 과정 들어가기 전에 생활체육 지도자 과정을 공부해서, 헬스 트레이너로 일을 했어요. 전 건강전도사가 되는 게 꿈이거든요. 엄마가 어릴 때 암으로 돌아가셔서, 저는 의사도 되고 트레이너도 돼서 완벽한 건강전도사가 되려고 했거든요."

"꿈이 대단하세요."

"그렇죠? 정말 그렇죠?"

"네, 멋지세요."

"그런데 저 망했어요."

"아니, 왜? 무슨 일인데요?"

"제가 위암 말기라서 시한부래요. 방금 진료실에서 듣고 왔어요. 어흑흑흑흑···. 그, 그래서 그간 닭가슴살, 고구마, 단백질 음료만 먹었는데 이제 마음껏 먹으려고요. 아, 아···. 왜 암에 걸렸을까요?

인턴 때 야식으로 인스탄트 먹어서 그랬을까요? 정, 정말 모르겠어요. 흐흐흑…. 엉엉엉엉…."

승훈은 아이처럼 우는 세경을 두고 일어나 따뜻한 카모마일 티를 가져다주었다.

"이거 드세요, 트레이너 선생님. 마음이 안정될 겁니다."

"고마워요, 승훈 씨. 저, 병원서 추천한 신약시험 중인 병원이 계룡산 근처에 있더라고요. 이제 공주에 내려가면 이 식당 음식 당분간 못 먹겠죠?"

승훈은 밝게 웃었다.

"어서 드세요. 다 드시고 가세요. 전화 예약만 주시면, 아무리 손님이 많아도 자리 빼놓을게요."

세경은 고개를 끄덕이면서 눈물을 닦았다.

"알았어요. 이거 다 먹고 갈게요. 그리고 신약으로 치료가 되면 다시 올게요."

"네, 그런데 계룡산에 있는 병원이 어떤 데예요? 자연으로 돌아가서 치유하는 그런 곳인가요?"

"아뇨, 미국의 유명한 존 듀이 암 케어 병원 분원으로 신약과 항암 치료로 유명한 곳이어요. 최신 의학기술과 기계를 갖춘 곳이라 가서 열심히 제 병을 치료할 거예요."

승훈은 방그레 웃었다.

"믿어요, 그럴 겁니다. 나중에 꼭 다시 오세요."

"네, 제 이름은 이세경이예요. 병원 건너 건물 헬스클럽에서 트레이너로 일하고 있어요. 당분간 휴가를 냈지만요."

"그래요, 세경 씨. 꼭 병 치료하고 다시 오세요. 기다릴게요."

세경은 힘을 내서 식사를 마저 마쳤다. 계산 후에 승훈과 눈을 마주치고 인사를 하면서 언젠가 꼭 다시 오겠다고 했다. 세경은 교수에게 문자로 암 케어 병원에 지원한다고 메시지를 보냈다.

***

홍중고등학교 교무실, 오주미가 컴퓨터로 시험 문제를 출제하고 있다. 유전자 구조에 관한 생물 시험 문제이다.

"됐어, 됐어. 이제 마지막으로 주관식 문제 하나 더 만들면 돼!"

주미는 여러 자료를 보고 고심하면서 마지막 문제를 출제한다.

"당연히 마지막 문제는 유전자에서 내야지."

잠시 후 주미는 벌떡 일어나 교무실을 나가 교장실로 달려갔다.

"으다다아, 교장 선생님! 교장 선생님!"

주미는 교장실 문을 벌컥 열고 들어갔다.

"드, 드디어 시험출제 다 했습니다. 저 오늘 오후부터 휴가 들어갑니다."

나이가 지긋한 여자 교장이 다가와 주미를 꽉 끌어안았다.

"오주미 선생, 반드시 치료하고 건강하게 돌아오는 겁니다. 아셨죠? 꼭 전화 주세요. 병원서 치료하면서요. 그리고 완치되면 나하고 소주 한잔합시다. 치료할 때는 물론 금주죠? 꼭 나아서 와요."

"네, 교장 선생님. 반드시 열심히 치료하겠습니다."

주미는 교장실을 나가서, 교무실서 짐을 정리하고 선생님들과 인사를 나누었다. 눈시울이 붉어졌다. 3년을 근무한 학교였다. 갑자기 췌장암을 선고받고 새로운 기술로 신약을 시험하는 존 듀이 병원에 입원하기 위해 장기 휴가를 냈다.

중간고사 시험 문제를 출제하고 마무리를 하고 학교를 나서는 중이었다. 교사를 나와서 운동장으로 향하는데, 운동장 중간 즈음에서 뭔가 귓가에 스윽 스쳤다. 뒤돌아보니 학생들이 주미가 걸어가는 운동장으로 종이비행기를 접어서 날렸다.

주미는 창가에서 지켜보는 학생들을 눈으로 주르르 훑었다. 사랑스러운 제자들이다. 학생들이 창으로 손을 내밀어 인사를 했다.

"선생님! 다음에 다시 만나요."

"시험 문제 쉽게 내셨죠? 기말고사 때도 그렇게 해주세요. 꼭 돌아오셔야 해요."

"선생님, 쾌차하세요. 사랑해요!"

"암 잘 고치고 치료 잘 받으세요, 선생님~!"

학생들이 외치던 중에 갑자기 플래카드가 창문에 걸렸다.

[사랑해요, 오주미 선생님. 다시 건강하게 만나요.]

주미는 눈물을 흘리면서 두 손을 들어 크게 흔들었다.

"얘들아, 다시 만나자. 나 병원서 꼭 완치돼서 올게."

주미는 몸을 돌려서 교문을 나갔다.

'학생들이 기다리고 있다. 부처님, 제가 병을 치료할 수 있도록 도와주세요. 나무아미타불, 나무아미타불.'

주미는 계속 입으로 기도를 하면서 전철역으로 향했다.

존 듀이 암 케어 병원으로 가는 버스 안

새벽, 잠실역 1번 출구 앞에 선 리무진 버스에 사람들이 올라타고 있었다.

머리가 다 빠져 암 환자 두건을 쓴 중년 여성도 있고, 다인처럼 20대 여성들도 있었다. 다인이 앉은 옆 좌석으로 세경이 앉았다. 그들은 눈인사만 조용히 하고 그대로 침울한 분위기로 있었다. 이때 짐을 가득 싣고 들어서는 주미가 환하게 인사하면서 들어왔다.

"안녕하세요, 오주미라고 합니다. 반갑습니다."

그녀는 맨 뒤에 가서 가방을 부리고 앉았다. 다인은 한숨을 쉬고, 세경은 차창만 내다보았다.

출발 직전에 한 남자가 올라탔다. 갈색 머리, 큰 눈에 피부가 눈처럼 하얀 남자는 나이가 20대 정도로 보였는데, 눈빛이나 슈트 등의 옷차림을 보면 그보다 나이는 많아 보였다. 엄청난 차가운 도시 남자처럼 보였고, 유명한 배우들보다 잘생겨 보였다. 그러나 왠지 모르게 싸늘한 느낌이 들었다. 그는 맨 앞에 앉았다.

차갑게 생긴 남자의 뒷좌석에 앉은 단정하게 생긴 30대 남자가 일어났다. 그는 정중하게 인사를 하고 마이크를 잡았다.

"안녕하세요. 저는 존 듀이 암 케어 병원의 한방 부문 면역과 재활 담당 한의사 전명구입니다. 제 앞에 앉으신 분은 병원 원장님이신 존 듀이 주니어 의학박사님이십니다."

차갑게 생긴 남자가 일어나 인사를 조용히 하고 앉았다. 이어서 전명구가 설명을 시작했다.

"저희 듀이 병원은 암세포를 추출하는 캔서 제로 기계로 치료를 하고 있으며, 이와 더불어 미국에서 승인된 신약으로 항암을 실천하는 병원입니다. 이미 미국에서 수백 명의 난치 암 환자분들이 완치 판정을 받았고, 한국 분원에서도 괄목할 만한 성과를 이루고 있습니다. 오늘 여기 특별하게 선정되신 환자분들에게도 좋은 결과가 있기를 희망합니다."

작게나마 박수가 나왔다. 다인은 버스 안의 사람들을 둘러보았다. 20~30대의 젊은 남녀 환자들과 중년 환자 몇몇이 있었다. 그들의 얼굴에 작게나마 희망이 엿보였다.

'나을 수 있다. 살 수 있다. 결혼하고 아이를 낳아서 가족을 만들 수 있다.'

다인은 속으로 작게 중얼거렸다. 간절하게 기도하고 치료에 임하리라. 완전히 생활방식을 바꿔 새로운 사람으로 태어나리라 하는 포부를 품었다. 그만큼 간절하고 또 절실했다. 다인은 가슴을 만졌다. 이 딱딱한 종양이 반드시 부드러워지는 날이 올 거라 믿었다.

다인은 눈을 감았다. 암을 판정받고 이상하리만치 피곤함이 몰려왔다. 힘도 없어지고 체력도 떨어졌다. 우울감이 전신을 지배하면서 밤에 걱정에 잠을 못 이룬 적도 있었다. 암은 마음도 갉아먹고 있었다. 심신이 아파왔다. 걱정에 불면증에 시달리던 다인은 잠에 빠져들었다. 죽음보다 깊은 잠이었다.

얼마나 잤을까 하며 슬슬 눈을 뜨려는데, 누군가 어깨를 쳤다. 아까 자신을 소개한 오주미였다.

"저기, 일어나세요. 다 왔어요."

다인이 창밖을 내다보니 안개가 낀 숲속이 눈에 들어왔다. 아름다웠다. 푸른 수풀들이 바람에 나풀거리고 있었다. 그러고보니 세상은 봄인데, 자신은 벚꽃도 철쭉도 즐길 여유가 전혀 없었다.

10명의 환자들은 각자 짐을 지고 전명구, 듀이 박사와 병원으로 향했다. 산길을 돌아서 나가니 병원의 전경이 보였다. 다인이 같이 온 환자들을 돌아보니, 남자 여자 고르게 있었다. 항암 치료로 암 환자용 두건을 쓴 환자도 있었고, 거동이 힘들어 휠체어를 타고 보호자와 방문한 10대 암 환자도 있었다. 덩치가 건장한 남자 환자도 있었다.

존 듀이 암 케어 병원은 산 중턱 너른 대지에 있었다. 4층의 직사각형의 거대한 건물은 르네상스풍 장식이 현대식 건물에 살짝 드리워 있었다. 박공지붕 가운데 시계탑이 있고, 창틀과 문틀에는 물결무늬 장식이 새겨 있었다. 그리고 기이한 날개 달린 동물 조각상이 모서리마다 있었다. 하얀 벽돌은 이음새가 빈틈없었고 햇빛에 번쩍거렸다. 4층 꼭대기에는 루프탑이 있어, 거대한 차양이 쳐 있었다. 현대와 르네상스풍 건축 양식이 혼재한 건물이었다.

"병원 건물 참 특이하지 않아요?"

세경이 다인에게 말을 걸었다. 다인은 고개를 끄덕였다.

"그러네요."

"어디가 아프세요?"

"유방암입니다."

"전 위암이요. 차 타고 오느라 속이 안 좋아요. 가뜩이나 증세도 있는데요."

세경이 얼굴을 찌푸렸다.

"유방암은 통증이 거의 없죠?"

다인은 수긍을 하는 얼굴로 말했다.

"그래서 전혀 몰랐죠."

"전 아파도 병원 안 가고 위장약 달고 살고 그랬거든요. 괜히 식이요법을 단백질식으로 심하게 하고 그랬나 봐요. 전혀 건강에 도움되지 않았던 것 같아요. 후우, 이 지경이 되도록 모르고 의과대 졸업하고, 트레이너 하고 있었으니."

이때 오주미가 뒤에서 두 사람 말에 끼어들었다.

"여기서 20대 여성은 우리들 셋뿐인데 같이 친하게 지내요. 저는 홍중고등학교 과학 선생님이고 이름은 오주미, 26세, 췌장암입니다. 학생들이 단무지라고 별명을 부르는데, 단순 무식 지랄이 아니고, 그냥 오주미 단무지 발음이 비슷하대요, 히히."

세경이 환하게 웃었다.

"저도 26세요. 저는 위암 말기입니다. 이름은 이세경이고, 의과 대학 졸업하고 인턴을 하고, 지금은 헬스 트레이너로 일하고 있어요. 건강전도사가 꿈인데, 글쎄입니다."

다인이 진지하게 말했다.

"저는 강동경찰서 형사로 일하고 있습니다. 이름은 주다인, 저도 26세 동갑이네요. 반갑습니다. 아, 그리고 유방암입니다."

오주미가 그들의 어깨를 툭툭 치며 토닥였다.

"우리 이 병원서 병도 치료하고 친하게 지내요. 이렇게 동갑내기를 만나니 생기가 도네요. 꼭 치료 잘해서 나가요."

"그래요, 그래."

"그럽시다. 참, 말도 놔요, 우리."

주미의 제안에 다인과 세경은 미소짓고 고개를 슬쩍 끄덕였다. 그들은 전명구를 따라서 너른 정원을 지나 건물 진입로로 들어갔다.

들풀과 야생화들이 섞인 자연 풍경 정원 가운데 작은 연못과 천사가 오줌을 누는 분수도 있었다. 그들은 희망을 품고 암 케어 병원으로 들어갔다. 병원 로비에 간호사들과 의사들, 직원들이 나와 반갑게 맞이했다. 로비 천장에는 스테인드 글라스가 있고 각종 동물과 꽃들이 표현돼 있었다.

"어? 신기하다. 보통 병원 스테인드 글라스에는 예수님과 성모마리아 천사들이 있는데?"

세경의 말에 주미가 답했다.

"여기는 최신 의학을 바탕으로 설립한 병원이라 그런가 보죠? 아차차, 말 놓기로 했는데, 히히."

전명구가 안내를 하면서 이들에게 병원 건물을 보여주었다.

"로비 오른편의 스튜디오에서는 요가와 필라테스 그리고 헬스 기구를 사용하는 체력단련장이 있습니다. 지하에는 원장실과 각종 검사실 등이 있고 2층에 원무과가 있고 제가 운영하는 한방 면역 재활실과 각종 치료실이 있습니다. 3층부터 입원실인데, 따라오십시오."

전명구를 따라서 환자들이 이동했다.

2층의 한방 면역 재활실에는 추나 베드와 한방 침구와 환자 침상이 있었다. 병원 전체에 잔잔한 클래식 음악이 흘러나왔다.

그리고 3층 입원실을 둘러봤다. 다인과 주미, 세경은 한 방에 배정되었다. 방에는 3명분의 침대, 책상, 옷장이 있었다. 침대에 생활한복처럼 저고리 식으로 여미는 환자복이 놓여 있었다. 경과가 심해 거동이 힘든 환자는 2층의 원무과 옆의 특수 병실에 배정한다고 했다.

옥상에 가보니 야외 휴게실에 바리스타가 디카페인 커피를 내리고 있었다. 그리고 커피 외에 양배추, 미나리, 사과, 귤 등 다양한 채소와 과일로 주스를 만들어 환자들에게 권했다.

"토마토, 자몽, 셀러리, 레몬으로 에너지와 비타민을 동시에 챙기는 주스입니다. 드셔보세요."

바리스타가 권한 주스를 세경이 마셨다. 몸에 힘이 돋는 것 같았다. 전명구가 말했다.

"이곳에서 햇빛을 받으면서, 맑은 공기와 피톤치드 향을 맡으면서 자연 치유를 돕습니다. 밤에는 옥상 문을 잠가놓으니 오후 7시 이전까지 이용하세요. 그럼 오늘은 배정된 방에서 짐을 푸세요. 6시 정각에 1층 로비 왼편의 식당에서 저녁을 드실 예정입니다. 이따가 뵙겠습니다. 내일 오전부터 각종 검사를 진행하겠습니다. 검사를 할 때는 환자복을 착용하셔야 하지만, 일상 생활 중엔 개인 평상복을 입으셔도 됩니다."

다인은 저녁 식사를 하러 식당으로 내려갔다. 존 듀이 원장은 검은색 와이셔츠에 흰 가운을 입고, 홀로 조용히 식사를 마치고 일어났다. 전명구와 주미가 앉아서 밥을 먹고 있고, 세경은 끝마치고 이미 일어나는 중이었다. 다인은 전명구 옆으로 앉았다. 전명구가 친근하게 반찬을 설명했다.

"오늘은 산에서 나는 고사리, 부지깽이, 방풍나물이 주 반찬이네요. 단백질 반찬은 닭고기구이입니다."

"맛있겠어요."

"주다인 님이시죠? 좋은 조짐입니다. 미각을 돌게 하는 것은 환자에게 아주 중요하죠."

다인은 입맛은 없지만 식사를 맛있게 하려 노력했다. 맞은편에는 간호사가 식사하면서 인사를 했다.

"저는 검진실에서 근무하는 방소연 간호사입니다. 내일부터 잘 부탁드릴게요."

방소연은 긴 머리를 올려서 묶었고 아이라인을 짙게 그린 화장을 했다. 짙은 블루블랙 머리카락이 돋보였다. 손에 네일아트를 했는데, 살구색의 젤 네일이 뾰족하게 돋아있었다. 손톱 끝에는 사슬에 큐빅이 달려 있었다. 다인의 시선이 손톱에 머무르자, 방소연은 미소를 지었다.

"아, 이거요? 간호사가 왜 화려한 네일아트를 했나 궁금하셨나요?"

"아뇨, 그냥 예뻐서 봤어요."

"여기서 근무하는 동안 제 유일한 낙이 2주에 한 번 시내에 가서 네일아트 받는 거라서요. 저는 검진실만 담당해서 가능한 거죠. 나중에 입원 병동에 배치되면 지울 거예요."

방소연은 어딘지 모르게 얼굴에 묘한 활기가 감돌았다. 눈꼬리가 올라가서인가 아니면 입술이 도톰해서인가 싶었다. 다인이 보기에 주미도 암 환자 같지 않은 활력이 있었다. 고등학교 교사라 그런지 활기차고 생동감이 있었다.

"주다인 님은 강동경찰서에 근무하는 형사님이세요. 저는 교사고요. 과학을 가르친답니다."

"어머, 그러시구나. 형사님인 줄 몰랐어요."

방소연이 화들짝 놀랐다. 주미가 아차차 했다.

"헷, 다인아. 내가 먼저 신분을 밝혀서 미안해. 내가 좀 오지라퍼라서."

"아니, 괜찮아. 선생님, 한방 치료는 언제 받으러 갈 수 있나요? 오십견이라도 온 건지, 담이 걸려서 그런지 어깨가 뻐근해요."

전명구가 세경의 말에 밝게 웃었다.

"오전 9시에 시작하는데, 점심시간만 빼고 오시면 됩니다. 병원이 업무 끝나는 시간 6시에 같이 마쳐요."

"네, 알겠습니다."

"내일 검사를 위해 오늘 자정부터 물 포함 금식인 거 잊지 마시기 바랍니다."

전명구는 식사를 마치고 식판을 들고 일어났다.

다인은 마저 식사하면서 나물 하나하나 고소한 맛을 음미했다. 살아있고 싶었다. 오감의 감각을 깨우고 생기 있는 건강한 사람으로 다시 태어나 이 병원을 퇴원하고 싶었다.

모두 같은 소원

입원실에서 소등하고 모두 잠자리에 들었다. 창가의 다인은 한숨을 쉬었다. 커튼을 쳐서 서로의 책상과 침대가 놓인 구역을 나누어 놓았다.

이때 침대 커튼을 누군가 툭 쳤다. 주미였다.

"다인, 우리 커튼 열자, 가운데 있는 나는 좀 답답하네."

다인은 일어나 커튼을 열었다.

"아, 그럼 앞으로 창가 자리는 돌아가면서 자요."

"우리 말 놓기로 했는데. 세경, 그쪽 문가 커튼도 열어요."

"훌쩍, 아뇨. 전 괜찮아. 말 놓기로 하구선. 쿡⋯."

세경이 울음을 참는 소리가 났다.

주미가 일어나 세경의 침대 커튼을 슬며시 두드렸다.

"괜찮아?"

"아니."

"커튼 안으로 들어가 봐도 돼?"

주미의 물음에 세경은 커튼을 슬며시 열었다. 나란히 놓인 침대로 달빛이 들어왔다.

"안 좋아. 사실. 여기서 의료진들 보니까 의대 동기들 생각도 나고. 헬스클럽의 멋진 몸을 지닌 트레이너들 생각도 나고. 난 건강을 잃으니까 아무 일도 못 하고 치료만 받네. 참, 내 인스타 볼래?"

"아이디가 뭐야?"

"'건강전도사 이세경 트레이너' 검색해봐."

"아, 이게 너야?"

어느덧 다인도 주미 뒤에서 인스타그램 계정을 보았다. 건강한 태닝 피부에 비키니 수영복을 입고 찍은 보디 프로필 사진이 있었다. 의사 가운을 입고 실험하는 모습도 있었다.

"우와! 멋지다, 세경아."

"주미 넌 학교 선생님이라고 했지? 어떻게 여기 온 거야?"

"휴직계 냈어. 돌아갈 거야, 히히."

"넌 말기 암 판정을 받고도 어떻게 그렇게 긍정적이야? 얼굴에 미소가 있어."

"그럼 어쩌겠어."

"난 안 그래. 내가 가진 재능을 건강 하나에 매몰되어 다 잃은 것 같아. 불행으로 무너진 것 같아. 지금은 트레이너 동료들이나 의대 동기들 인스타 볼 때마다 열불이 나고 그래. 나만 빼고 다들 잘 나가니까. 성장하고 발전하니까. 나만 빼고."

다인이 말했다.

"세경아, 그건 아닐 거야. 다들 어려움이 있지. 나도 여기 오기 전에는 살인사건을 맡았는데 범인을 잡느라 너무 힘들었어."

주미가 우와 감탄을 했다.

"역시 형사는 형사야. 무슨 스릴러 영화 주인공 같아, 다인이는."

"그런데 나도 여기서 어찌 보면 아무것도 못 하고 감옥에 갇힌 것 같아. 내가 가둔 범죄자들처럼. 그런데 그냥 받아들이려고. 어차피 할 수 있는 일이 없으니까. 그래도 여기서 완치돼 나간 환자들이 있다고 하니 믿어봐야지."

주미가 오른손으로 세경의 손을 왼손으로 다인의 손을 꼭 잡았다.

"우리는 소원이 같아. 몸속의 암세포를 몰아내고, 완치되어 나가는 것. 여기서는 거기에 집중하자. 다른 사람들 어떻게 사는지 보면 더 스트레스 받아. 그건 바로 암세포가 가장 좋아하는 먹이잖아. 그러니 우린 희망차고 긍정적으로 치료에 전념하자. 자, 약속~."

다인, 주미, 세경은 시선을 맞추면서 새끼손가락을 걸고 약속하면서 환하게 웃었다.

특이한 검사들

다음 날 다인을 비롯한 환자들은 정해진 순번대로 나누어 병원 지하에 있는 각종 검사실로 흩어졌다. 기존 병원에서 가져온 진료 차트와 CD를 제출했지만, 이 병원에서 다시 검사를 받아야 신약시험에 응할 수 있다고 해서였다. 다인은 피 검사, 소변 검사 후에 유방 엑스레이 촬영과 초음파 검사를 했다. 그리고 심전도 검사를 한 후에 뼈 스캔과 MRI, CT 검사를 마쳤다. MRI의 엄청난 소음을 모두 견뎠다. 피는 또 얼마나 빼가는 건지 알 수도 없었다.

존 듀이 병원의 특화된 의료기계 캔서 제로에 들어가 암세포를 제거하는 치료를 받기 위해서 필수적 검사였다. 다인은 캔서 제로 관련 논문을 찾아 읽었는데, 이 기계로 미국 병원에서 완치 판정을 받은 시한부 환자들이 100명 넘게 나왔다.

그 기계가 여기 분원에도 들어와 있었다. 다인은 모든 검사에 성실하게 임했고, 검사실 프런트의 방소연 간호사에게 이것저것 순서를 묻고, 자료를 제출하고는 했다. 드디어 검사가 끝났다.

각종 검사를 마친 세경은 점심을 먹고 병실에서 환자복을 레깅스로 갈아입고서 로비로 향했다. 이용자가 적은 체력단련장에서 세경은 묵묵히 운동을 했다. 스트레칭, 랫풀다운, 스쿼트를 하고 트레드밀과 바이크까지 연달아서 했다.

운동을 하는 거울 속 세경의 얼굴은 힘든 표정보다는 우울한 표정이었다. 그간 의대 공부로 힘들 때도 조용히 운동하면서 울분을 풀었다. 사람과의 관계도 얽힐 때는 벤치 프레스 하면서 마음을 다잡았다. 그런데 이 불가항력적 건강상의 문제 앞에서는 운동할 때도 그다지 마음이 풀리지 않았다.

그때 누군가 세경에게 에너지 음료수를 내밀었다. 버스에서 보았던 덩치 큰 남자였다. 그도 암 환자인 것 같았다. 세경은 눈인사를 했다. 덩치 남자는 활달하게 말을 건넸다.

"어떤 분은 제 앞에서 그러더군요. '저 덩치가 암 환자라고?' 그렇지만 저도 환자랍니다. 후우, 사업을 하던 중에 암을 발견했죠."

세경은 반갑게 미소지었다.

"전 의대에서 공부하다 헬스 트레이너로 일하다 암 선고 받고 여기 왔어요. 이세경이라고 합니다."

"저는 한철영이라고 합니다. 반갑네요. 저는 헬스클럽 운영하다 여기 왔습니다. 어서 돌아가 직원들과 같이 일 열심히 해야 하는데, 30대 초반에 이렇게 됐네요. 고환함이라서 말하기도 좀 그렇고요."

"저는 위암인데요. 고환암은 드물긴 하지만 20~30대에서 잘 발병해요. 암에는 이유가 없다고, 교통사고 같은 거라고는 하지만, 그래도 각종 식품 첨가물이나 염색약이나 문신 염료 등 화학제품 그리고 환경 호르몬이 영향을 주죠. 그래서 창피했어요. 의사이면서 건강전도사라고 자처하면서 헬스 트레이너로 일하다 암 선고를 받았으니까요. 식이요법을 잘못해서 그랬나 걱정도 되었고요."

한철영은 고개를 저었다.

"저도 인터넷으로 논문 참 많이도 찾아보고 책도 사 읽었죠. 가족력도 영향이 크고, 본인이 취약한 부분에 발암 인자가 작용하면 암에 걸린다고 하죠. 뭔가 잘못한 건 아니지만 저도 부끄럽고 그랬습니다. 암 판정받고 결혼할 사람과 헤어지기도 했죠."

"아…, 안타까워요, 철영 씨."

"후후, 제가 먼저 헤어지자고 했어요. 당분간 치료에 전념하고 헬스클럽 운영에도 신경 써야 해서 여력이 없거든요. 괜찮습니다."

"제가 중량 치는 거 도와드릴게요. 벤치 프레스에 누워봐요."

"그래도 될까요? 부탁드립니다."

한철영과 세경은 벤치 프레스를 번갈아 하면서 서로 도왔다. 세경은 땀이 무척 났다. 그리고 얼굴에는 뿌듯한 웃음이 피어났다.

"이 병원서 치료받으면서 이렇게 같이 운동해요. 참 좋네요. 어쩌면 암세포도 줄어들지 않았을까 하는 생각도 들어요."

"이렇게 헬스 친구가 생기니 좋네요. 그럼 들어가세요. 저는 좀 더 할게요. 아직 덜 풀렸어요."

"그래요. 열심히 마저 하세요."

둘은 운동 약속을 잡으면서 헤어졌다.

병원 주변의 음산한 기운

밤의 존 듀이 병원은 음산한 모습이었다. 외관의 르네상스풍 장식이 낮에는 고풍스러워 보이지만 밤에는 이상한 동물 조각상들이 하늘로 날아올라 사람을 잡아먹을 듯한 분위기다.

다인은 옥상에서 주스를 받아들고 계단으로 천천히 내려왔다. 입원실로 들어가 책상을 정리했다. 세경은 샤워 중이고, 주미는 학생들과 톡을 주고받고 있었다.

고즈넉한 밤이었다.

병원은 밤 9시면 환자들이 잠들 준비를 했다. 10시에서 11시 사이에 소등하면 정말로 누워서 잠드는 것밖에는 할 일이 없었다.

다인은 조용히 11시에 침대에서 일어났다. 주미와 세경이 잠든 듯 보였다.

다인은 숨이 막혔다. 죽음을 목전에 두고 있다는 것. 삶의 지푸

라기도 잡는 심정으로 이 병원에 왔지만 낫는다는 기사와 말을 전적으로 믿기 힘들었다. 잠이 오지 않았다. 다인은 잠옷 위로 롱 가디건을 여미면서 병실을 나와 조용히 숲으로 향했다.

바람에 흔들리는 소나무와 늘어진 버드나무 가지가 어둠 속에 얼핏 보였다. 자신을 부르는 듯 너울거리는 나뭇가지가 고혹적으로 보였다.

다인은 눈물을 흘리면서 숲속으로 들어갔다. 그러다 엉엉 울었다. 아이처럼 울고 싶었지만, 병원은 24시간 남들과 공유하는 공간뿐이라 소리 내 울기 힘들었다.

"하느님, 흐흑…, 하느님, 살려주세요. 신이시여, 살려주세요…. 흐흐흑…."

절대자 앞에서 인간의 생은 얼마나 유한한 것인가. 오늘따라 목숨에 대한 절박함이 온몸을 휘감아 돌았다. 살고 싶었다.

그때 갑자기 뒤에 저 깊은 숲속에서 사사삭 하고 무언가 스치는 소리가 났다. 멧돼지인가?

다인은 경계했다. 아무리 시한부 생이라도 당장 들짐승에게 죽고 싶지는 않았다. 조용히 몸을 낮춰서 뒤를 돌아서 병원 쪽으로 가려고 하는데, 갑자기 그녀의 뒷덜미를 콱 잡아채는 손길이 있었다. 다인을 잡아챈 괴한은 거칠게 그녀를 끌고 숲속으로 들어갔다.

"아아악! 살, 살려주세요."

괴한은 다인의 얼굴에 손바닥을 대어 그대로 입을 틀어막았다. 다인은 겁에 질린 눈으로 괴한을 보았다. 피가 흐르는 입가, 붉은 핏기가 어린 눈…. 그는 바로 여기 와서 만난 사람 중 한 명이었다. 덩치가 크고 운동을 좋아할 것 같아 건강해 보이던 환자, 누구더라?

다인이 고개를 갸웃하는데 갑자기 그 괴한을 덮치는 누군가가 있었다. 괴한이 다인을 던지고 공격에 대응했다.

아악!

다인의 비명과 함께 괴한과 또 다른 사람이 격렬한 싸움을 벌였다. 그들은 하늘로 솟구쳐 오르면서 혈투를 벌였다. 괴한을 제압한 사람은 검은 두건을 쓰고 있었는데, 싸우는 중에 두건이 벗겨지고 얼굴이 드러났다.

그는 피부가 눈처럼 하얀 남자, 바로 듀이였다. 괴한의 목을 눌러서 못 움직이게 하고 그대로 물어뜯어 사방으로 붉은 피가 튀었다. 너무도 충격적인 광경에 다인은 그대로 기절했다.

다인이 일어나니 입원실이었다. 주미와 세경은 자리를 정리하고 나간 듯 보였다.

다인은 얼른 양말과 신발을 찾았다. 만약 꿈이 아니라면 분명히 신발에 흙이 묻어 있을 것이었다. 신발과 양말이 보이지 않았다. 이상했다.

다인은 신발장에서 다른 신발을 꺼내서 신고 나갈 준비를 했다. 가만 생각해보니 꿈이 아니라면 설명이 안 된다. 하늘로 날아오르는 사람들은 존재하지 않는다. 꿈이 뒤숭숭하다고 여겼다.

기이한 현실과
꿈의 차이

다인은 아침부터 마음이 불편했다. 간밤의 이상한 꿈 생각으로 피곤했다.

이곳에 오면 좀 나아질까 생각했지만 종양 크기는 전혀 줄어들지 않았다. 존 듀이 병원의 MRI 등 각종 기계로 찍은 사진들도 모두 대학병원에서 찍은 사진과 동일했다. 수술을 하기에는 종양의 사이즈가 크다지만, 이미 시한부 인생이다. 여기서 신약 항암 치료와 방사선 치료를 받는다고 해도 결과는 모른다. 우울했다.

부정, 분노, 타협, 우울, 수용. 죽음의 5단계 심리 과정에서 다인은 우울 과정을 또 지나고 있었다. 마음이 괴로웠다. 수용하려 해도 진도가 나가지 않고 우울함만 밀려왔다.

다인은 아침을 거르고 병원을 둘러싼 숲길을 산책하다가 한방 면역 재활실로 향했다. 그냥 누군가에게 위로를 받고 싶었다.

"치료를 받고 싶습니다. 오른쪽 어깨가 너무 아프네요."

"밤에 잠은 잘 주무셨나요?"

다인은 침대에 누워 고개를 저었다.

"밤새 설쳤어요. 암 선고 받은 다음부턴 잠을 설치는 날이 많습니다."

"최선을 다해 치료해드릴게요, 오늘은 숙면하실 겁니다."

다인은 그동안 꾹 눌러왔던 감정의 파고가 커지면서 몸을 들썩였다. 제대로 된 위로를 여기서 받는 듯했다.

"고마워요, 흐흑."

전명구는 잠시 고개를 끄덕이면서 미소를 지었다. 다인은 눈에 흐르는 눈물을 닦고 애써 아무렇지 않은 듯했다.

"제가 사회에서는 형사였거든요. 강력계 형사입니다. 그런데 암을 선고받고는 이상하게 힘도 마음도 모두 지치고 뭘 해볼 수가 없어요."

"환자분들은 스트레스로 어깨가 많이 굳으시죠. 침 치료 후에 추나 치료로 경직된 부분을 풀어드릴게요."

다인은 침을 맞고 부항을 뜬 후에 추나 베드로 옮겨서 허리와 어깨 등의 근육이 굳은 부분을 풀었다. 전명구는 다인의 어깨와 등을 풀어주면서 말했다.

"좀 어떠세요?"

"많이 나아진 것 같아요. 저 예전에는 병원엔 직장인 건강검진할 때 가는 게 다였는데, 이렇게 입원까지 해서 치료할 줄은 꿈에도 몰랐어요."

"암 선고 받은 분은 벌 받는 듯한 느낌이 든대요. 하지만 환자분들이 잘못한 건 아무것도 없습니다. 열심히 치료하시면 낫는 날이 곧 옵니다. 기도 많이 하시고, 암이 초대하지 않은 불청객이지만 잘 데리고 있다가 언젠가 보내야겠다 하는 마음으로 편하게 대하세요. 싸워 이기려면 지지만, 친구처럼 데리고 있다가 잘 보내면 이깁니다."

"선생님, 정말 감사합니다. 몸도 한결 가볍고 어깨도 나아진 것 같아요. 마음도 위로가 됐고요. 감사합니다. 저 그런데 드림캐처 같은 거 구할 수 있을까요? 악몽을 꿨어요."

전명구는 미소를 지으면서 다인에게 말린 쑥을 담은 무명 주머니를 건넸다.

"저는 어렸을 때 할머니와 같이 살았는데요. 집안에 아픈 사람이 있거나 가족이 상갓집에 다녀오면 말린 쑥이랑 고춧가루랑 소금을 태워서 연기가 집안에 가득 차게 하고, 창문을 열어 귀신을 쫓으셨죠."

"효과가 있나요?"

"할머니는 쑥 향은 자극적이라 삿된 것들이 싫어한다고 하셨어요. 머리맡에 두세요."

"고맙습니다, 선생님."

"자주 오세요. 듀이 병원의 환자용 앱으로 미리 예약하시면 편합니다."

"네, 그럴게요."

그날 밤 다인은 쑥 주머니를 머리맡에 두고 잠을 청했다. 주미와 세경이 잠들었고, 다인은 늦게까지 뒤척이다 겨우 눈을 감았다.

잠결에 누군가 부르는 소리가 났다.

"다인아…. 다인아…."

다인은 슬며시 몸을 일으켜 커튼을 열고 창밖을 보았다. 음산한 기운의 밤안개가 숲을 감싸고 있었다. 침대맡 쑥 주머니를 챙겨 주머니에 넣고, 홀린 듯이 방을 나와 계단으로 내려갔다.

로비에는 할로겐 불이 켜 있고, 프런트의 간호사는 꾸벅꾸벅 졸고 있었다. 다인은 병원 정문의 잠금장치를 딸각 열고 나갔다.

어둠 속, 온통 안개가 가득한 정원을 지나서 산길로 접어들었다. 숲에서 나는 피톤치드 향이 코를 확 찔렀다. 생생한 숲의 기운을 온몸으로 받아들였다. 이 맑은 공기 속에서 기도를 간절히 하면 낫지 않을까. 그런 오묘한 생각으로 다인은 숲으로 빨려들어가는 듯 들어갔다. 속으로 주님을 찾으면서 아픈 걸 낫게 해달라고 소원을 빌었다.

숲길서 다시 병원을 돌아보니, 정원 나무의 드리워진 가지들이 너울거리는 게 마치 손짓하는 것 같았다. 돌아오라는 것 같았다. 다인은 개의치 않고 몸을 돌려, 가로등 불빛이 보이지 않는 오솔길로 접어들었다.

이제 더 나가면 정말 산길로 접어드는 길, 민가도 없는 산속에 홀로 있다는 게 오싹했지만 그래도 병원이 여기서 멀지 않다는 게 든든했다. 안개 속에 가린 달은 반만 보였다.

어디선가 슉슉 무언가 수풀 속을 스치듯 다니는 소리와 들짐승의 소리가 높게 들렸다. 몸에 소름이 돋았다.

멧돼지, 아니면 늑대 소리 같은데… 하는 생각이 드는 순간, 뭔가 뒤에서 스샤삭 스쳐 지나갔다.

다인은 온몸이 굳었다. 무의식적으로 손이 가슴팍으로 들어갔다. 가스총을 차고 있거나, 호신용으로 삼단봉을 들고 다니던 때 버릇이다. 마약상들을 체포할 때 선배들과 지원 나간 적이 있었다. 마약을 한 사람은 힘이 세져 맨손으로 다루다가는 벅찰 때도 있었다. 그때나 지금이나 정신을 차려야 한다.

이 부근이 무덤가라고 들은 것 같았다. 휴게실에서 환자들이 주고받는 이야기를 들은 적 있었다. 입원실 창문에서 내려다보니, 무덤들이 병원에서 산길로 이어지는 입구에 많다고 했다. 다인이 경계하면서 산을 거니는데, 무덤들 형상이 보였다. 달빛에 무덤들 봉분이 보이고, 그 주변에 뭔가 검은 형체가 있었다.

'뭐지?'

"호호호호호호호!"

갑자기 간드러지는 웃음소리가 났다. 무덤가에 플래시 불빛 같은 빛이 비치면서 무언가 보였다. 짙은 화장, 붉은 립스틱에 기괴한 옷차림의 여성 세 명이 무덤 뒤에서 걸어나왔다.

"누, 누구세요…."

"우리? 우린 다키니. 술 마시고 놀던 중이었어."

"네?"

"네가 다인이지?"

다인은 꿈 같았다. 현실 같지 않았다. 이건 악몽이고, 저들은 귀신이 분명했다.

여자들이 갑자기 다인에게 빠른 걸음으로 다가왔다. 다인은 뒤돌아 병원 쪽으로 달려나갔다.

"다인아~ 노올자~. 우린 노는 걸 젤 좋아해."

다인은 달려나가다 돌부리에 걸려 넘어져 굴렀다. 잠시 정신을 가다듬고 일어나려는데, 갑자기 뭔가 싸한 감각이 들었다.

"뭐, 뭐야!"

다인은 경계를 하면서 몸을 낮추었다. 갑자기 무언가 다인의 머리 위로 휙 날아오르면서 덮쳐왔다. 다인은 악, 소리를 내면서 뒤로 넘어졌다. 넘어짐과 동시에 몸을 둥글게 말아서 피했다.

덩치가 큰 남자였다. 검은 모자를 눌러쓰고, 검은 점퍼에 가죽바지를 입은 남자는 다인에게 덤벼들었다.

"이이햐합!"

다인은 기합을 넣으면서 그대로 남자의 팔을 잡아서 앞으로 당겨 반대편으로 몸을 돌렸다. 유도 업어치기. 선수가 아니라면 방어 기술을 몰라 땅바닥에 뒤통수를 찧고 만다. 그런데 이 남자는 방어 기술을 하는 것도 아닌데 꿈쩍도 하지 않았다. 사람 힘으로 가능한 걸까? 남자는 오히려 한 손으로 다인의 목을 잡고 그대로 들어올렸다. 다인은 목이 잡힌 채 들어올려져 발도 땅에서 떨어진 채 아무것도 할 수 없었다.

"캑캑캑캑, 킄킄…."

다인이 버둥거리다 남자의 모자를 쳐 바닥에 떨어뜨렸다. 남자와 시선이 마주치는 순간, 남자의 흑색 눈동자가 보였다.

'사람이… 아니야….'

다인은 절체절명의 순간에 문득 깨달았다.

"그르르르르르르르."

남자가 입을 벌리자 날카로운 송곳니가 드러났다. 그 이빨로 다인의 목덜미를 확 깨물려는 순간이었다.

무언가 하늘에서 내려와 덮쳤다. 너른 검은색 장막이 그들을 덮치고, 다인이 뒤로 물러나 기어나가면서 보는데, 검은색 장막으로 뒤덮인 무언가가 그 덩치 남자와 싸우고 있었다. 장막이 그 남자를 감싸고 하늘로 솟구쳐 올랐다. 그러자 하늘에서 비가 다인의 얼굴에 떨어졌다. 손으로 비를 닦으니 달빛에 붉은색이 언뜻 보였다.

피다!

이때 갑자기 누군가 덮치듯 다인을 안고 달려갔다. 다인은 기절했다.

다음날 다인은 입원실 침대에서 눈을 떴다. 일어나 거울을 보니 얼굴은 말끔했다.

악몽의 여파로 머리가 개운하지 못했다. 혹시 사실인가 싶어 환자복과 얼굴을 보았지만 피 같은 흔적은 없었다. 침대를 보니 세경과 주미는 없었다. 책상 메모지에 피곤해 보여서 깨우지 않는다고 적혀 있었다.

다인은 시간을 보았다. 아침 식사시간이 끝날 즈음이었다. 몸을 일으켜 나갈 준비를 했다. 침대맡의 쑥 주머니가 없었다. 그제야 바지에 넣었던 걸 기억해냈다. 신발도 보이지 않았다. 다만 지난번 사라진 신발이 '신발 세탁 서비스 해드렸습니다'라는 메모와 함께 돌아와 있었다.

다인은 고개를 갸웃했다. 하지만 세경의 침대가에도 같은 메모가 붙은 신발이 있어 그런가 보다 싶었다. 다인은 즉시 간호사실에 전화해 문의하니 새벽에 환자 체크할 겸 들어와 신발을 보고 자체적으로 세탁을 판단한다는 것이다. 정원에서 신발에 흙이 묻어서 들어와 어쩔 수 없다고 했다.

'꿈이 아닌가? 하지만 현실이라기엔 너무도 이상해. 이틀째 너무도 이상한 악몽에 시달렸어.'

다인은 소름이 끼치면서 얼른 주머니를 뒤졌다. 바지 안에도 쑥을 넣은 주머니는 없었다.

길게 생각할 시간은 없다. 오늘은 또 다른 검사를 받는 날이었다. 환자복으로 갈아입고서 옥상에서 주스 한 잔을 마시고 오후 검사를 받을 준비를 했다. 금식은 기계 치료 4시간 전부터 하면 된다고 했다.

다인은 옥상으로 가서 바리스타에게서 채소 주스를 받아서 테이블에 앉았다. 환자들과 의료진들이 식사 후 삼삼오오 커피나 주스 등을 마시고 있었다. 다인은 주미와 세경에게 다가갔다.

"안녕, 늦게 일어났네."

"다인, 오후에 치료 있잖아."

"4시간 전 금식이라 지금은 마실 수 있어."

"그렇구나. 나랑 세경이는 식사했어. 오후에는 면역 재활실인가 그 한방 치료실에 가보려고. 참 이분 인사드려."

주미는 등을 돌려서 주스를 마시던 중년 남자에게 다인을 인사

시켰다.

"허삼 선생님이셔."

남자는 40대 정도로 보였는데, 키가 작고 땅땅한 체격이었다. 얼굴은 턱이 사각이었는데 눈빛이 묘하게 빛이 났다. 남자는 다인을 유심히 살폈다.

"아, 안녕하세요. 저는 주다인이라고 합니다."

"들었어요. 형사라면서요. 저는 간암 환자이고, 직업은 무속인입니다. 내 몸 아픈 것도 모르니 헛살았는가 싶어요, 허허."

세경이 이어 말했다.

"허 선생님은 우리 사주도 잠깐 봐주셨어. 글쎄 내 직업에 의사와 트레이너가 둘 다 너무 좋다는 거야, 호호."

"맞습니다. 이세경 님은 정인 사주가 있어 사람들이 많이 도움을 주는 사주입니다. 사람 상대하는 일이 맞습니다. 그리고 내가 병 관련 점은 기가 막히게 치는데, 세경 님은 아주 좋습니다."

"병 관련 점이요?"

"그래요. 난 종합병원 옆에 사무실을 내고 손님을 받는데, 그렇게 시한부 판정받은 환자가 오기에 언제 병세가 나아지는지 점을 쳐주고 사주를 봐주고 그랬지요. 세경 님은 안색이 좋은 게, 이 병원에서 병세가 나아질 것으로 보입니다."

"호호호, 제가 의사이고 해서 그런 말씀 좀 안 믿기지만, 사실 너무나 기분 좋은 말씀이네요."

허삼은 고개를 끄덕이면서 웃었다.

"남의 병을 점쳐 주지만 그 점술가도 병을 얻어 이 병원에 들어왔으니 인생은 참 모를 일이지요. 그나저나 이곳은 참으로 이상한 터이고 이상한 기운을 지닌 병원입니다."

세경이 물었다.

"이상한 기운이라뇨?"

"저도 더 이상 기댈 데 없어 여기에 왔지만, 아무리 최신식 미국 분원이라고 해도 내 눈은 못 속여요. 의사들이 사꾸라 같기도 하고 그래요."

"사꾸라요?"

"아, 우리 세대는 가짜 사이비들을 그렇게 불렀죠. 미국의 저명한 박사 존 듀이라지만, 의학박사다운 그런 느낌보다는 눈빛이 싸한 게 강한 영매 느낌도 나고 그렇습니다."

"영매?"

"좋게 말하면 신성한 기운이고 나쁘게 말하면 삿된 기운인데, 그런 영적인 느낌이 나요. 또 여기 병원이 들어선 터가, 무덤 터 한가운데 들어선 것입니다. 주 형사님, 추리해보세요. 여기가 왜 무덤 터가 되었을까요?"

"제 생각에는 음, 배산임수… 뒤로는 산 그리고 병원 저 앞으로 연못이 있어 그런 걸까요?"

"네, 여기는 여성이 아이를 품에 안고 있는 듯한 형상으로, 보기 드문 명당 터죠. 그리고 제가 병원 뒷산을 올라보니, 무덤이 여러 기 있습니다. 명당임을 알고, 산 아래 마을 주민들이 이미 여러 개 무덤을 썼는데, 그걸 밀고 이 병원이 들어선 거죠. 그런 음산한 기운이 느껴집니다. 듀이가 선무당인지 진짜로 만신인지 모르겠지만,

난 내 병을 고쳐준다면 상관 없습니다."

허삼과의 흥미로운 대화를 마치고, 그녀들은 각자 스케줄대로 움직였다.

다인은 허삼과 나눈 말에 의구심이 들었지만 입 밖으로 내지 않았다. 지금은 추리할 때가 아니었다. 무조건 이 병원 방침과 치료에 따라서 신체의 병을 치료해 목숨을 부지하는 게 목표였다.

다인이 신약 치료를 받으러 간 사이, 주미는 1층 로비에 있는 기도당에서 조용히 부처님에게 기도를 드렸다. 입으로는 진언을 외워나갔다. 천수경을 읽으면서 관세음보살에게 살려달라고 빌었다.

부모님은 울고 또 우셨지만, 주미는 한 번도 제대로 울지 않았다. 아이들, 동료 교사들, 교감 교장 선생님들이 걱정을 해도 괜찮아요, 안 죽어요, 라고 반복했다.

주미는 타고난 성격이 인싸 성향이고, MBTI 검사에서도 외향적 E 성향이다 보니 우울감을 드러낸 적이 거의 없이 살았다. 과학 교사이니 감성적인 것과도 거리가 있는 T였다. 이런 성격의 자신이 병에 걸리니 무척 싫었다.

'뭐가 그렇게 잘난 것도 없으면서 나댔니? 주미야, 이렇게 아플 줄 몰랐니?'

솔직히 정말 몰랐다. 늘 즐거운 재미나는 일이 있을 줄 알았다. 학생들이 힘들게 해도 다음 날이면 풀고 즐겁게 학교생활을 했다. 그런데 병에 걸리니 마음은 죽을 것 같아도 내색할 수가 없었다. 마음까지 처지면 끝도 없이 추락할 것 같았다.

기도당에 조용히 들어와 주미 옆에 한 칸 띄고 앉는 사람이 있었다.

"어, 한의사 선생님?"

"네, 전명구입니다. 이렇게 기도당에서는 첨 뵙네요. 왜 제가 운영하는 면역 재활실 안 오셨어요? 같이 입원실 쓰는 세경 님, 다인 님은 오셨어요."

주미는 고개를 저었다.

"가기가 싫었어요. 제가 약하다는 걸 인정하는 것 같아서요. 가고는 싶었고, 또 룸메들에게도 간다고 말하기도 했지만… 정작 못 갔어요."

"그러시군요. 죽음학 대가 엘리자베스 퀴블러 로스의 죽음을 받아들이는 5단계 들어보셨죠? 물론 죽음뿐만이 아니라 인간이 어떤 큰일을 받아들일 때의 심리적 수용 단계를 의미하기도 해요. 부정, 분노, 타협, 우울, 수용의 5단계 중 주미 님은 어느 단계를 밟고 있는 것 같아요?"

주미는 주억거렸다.

"솔직히 과학을 가르치니까, 이미 종양의 크기와 전이 정도로 봐서 제가 시한부이고 여기까지 와서 실오라기라도 붙잡아야 된다는 건 깨달았어요. 타협도 되니 여기도 자원해 왔죠. 그런데 우울감을 남한테 못 드러내겠어요."

전명구는 조용히 경청했다.

"제가 너무나 외향적 성향이라 그럴까요?"

"자신이 처한 병 앞에 성격은 중요치 않습니다. 태도와 자세가

56

중요하죠. 어떤 사람은 암을 선고받고도 술을 못 끊습니다. 혹은 내가 갑자기 죽냐, 암이 사라지냐 이러면서 병을 앞두고도 오히려 더 맞서나가면서 사회 활동을 늘리는 사람도 있죠."

"다큐멘터리를 봤는데 미국이나 유럽에서는 암을 치료하면서 직장을 다니는 사람도 많더라고요. 질병의 종류로 보고요."

전명구는 미소지으면서 주미를 보았다.

"일상을 하면서 질병을 잘 케어하면서 사는 것은 중요합니다. 우울감을 딛고 받아들여 더욱 나은 건강한 삶을 위해 나가는 것도 중요하고요. 주미 님, 여기까지 오신 김에 그냥 우울감을 받아들이고 조금 다른 인생의 새로운 지평을 보는 것도 중요합니다."

"새로운 지평?"

"저희 할아버지도 한의사셨습니다. 저는 어릴 적부터 할아버지네 마당에 가득한 한약재 냄새를 맡으면서 자랐어요. 찾아오는 손님들은 몸도 아팠지만, 마음이 아파서 몸도 아프게 된 사람들도 많았어요. 할아버지는 마음을 먼저 어루만지고, 약은 안 지어도 좋으니 이야기 실컷 하고 가라고 멍석을 깔아주셨습니다. 남편과 시댁에 당한 설움을 토해내고 울고 가는 아주머니, 부모와 사이가 안 좋아 마음의 병이 몸의 병이 된 대학생 모두 약 안 지어도 나아지기도 했어요. 저도 아버지가 일찍 돌아가셔서 할아버지네 살다가 수많은 환자를 보고 알게 된 거죠. 마음의 병이 몸의 병이 되기도 하고, 몸의 병이 마음의 병이 되기도 합니다. 우울한 기분은 털어놓고 애써 밝은 척하지 마세요. 여기서는 그 누구보다 자신의 감정과 신체 상태를 가장 잘 파악하는 사람은 본인이어야 합니다."

주미는 눈물을 또르르 흘렸다.

"고맙습니다, 선생님. 마음이 안정됐어요. 내가 울어도 된다고 말해준 사람은 선생님 한 분입니다."

전명구는 오열하는 주미에게 손수건을 건넸다. 주미는 눈물을 닦으면서 눈가에 미소를 지었다.

"속이 후련해요. 저, 선생님께 내일 오전에 치료받으러 갈게요. 예약이 되나요?"

"제가 앱으로 보고서 연락드릴게요."

"아, 제가 앱으로 할게요."

"그럼 더 마음 푸시고 손수건은 차차 돌려주세요."

"정말 고맙습니다, 전명구 선생님."

치료를 마치고 온 다인에게 방소연 간호사가 입원실로 쑥이 든 주머니를 가져다주었다.

"이거 흘리셨죠?"

"네? 아 그게 저. 어디서 주우셨죠?"

"복도에 있던데요? 저번에 입원실 침상에 있던 거 본 거 같아서요."

"네. 고맙습니다, 방 선생님."

다인은 쑥 주머니를 침대가에 놓았다가 그냥 서랍 안에 집어넣었다.

내게 다른 생이
주어진다면

휴게실에서 세경과 주미는 휴식을 취하면서 음료를 마시고 있었다. 허삼은 커피머신 옆에서 창밖을 내다보면서 혀를 찼다.

"어허, 매달 1일은 흙에 함부로 손대면 안 되는데. 그걸 모르고 저러나?"

주미가 창밖으로 인부들이 나무를 심는 걸 보고 물었다.

"왜 흙에 손대면 안 되는 건데요?"

"주미 선생님은 과학 담당이라 잘 안 믿으시겠지만, 땅을 관장하는 지신은 매달 1일, 8일, 13과 18일 그리고 23, 24일에는 땅 파는 것을 금기시켰어요. 이날 땅 파거나 집 지으면 지신이 노한다는 속설이 있죠."

"정말이요? 그런데 그걸 지키는 사람들이 아직도 있나요?"

"그럼요, 전통 농법 지키시는 분들은 그러시죠. 왜요, 미신 같아요?"

"아니, 그것보다 그날 다 **빼**고 나면 건물 짓는 분들은 공사할 날이 줄어들잖아요."

"그렇긴 한데, 내 눈에 보이니 내가 걱정을 하는 거겠죠. 어쨌든 '동티난다'라고 하는 말은 동토(動土), 즉 땅을 움직인다는 말에서 나온 겁니다."

뒤에서 조용히 말을 듣고 있던 세경이 앞으로 나섰다.

"그렇군요. 그런데, 허삼 선생님. 사실 여기 이상한 점이 있어요."

"이상한 점이라뇨?"

"엊그제도 저랑 체력단련실에서 같이 중량 치던 정말로 건강해 보이는 분이 중환자실 들어가셨대요."

"누구… 아? 그 헬스 하는 친구 말이죠? 엄청난 덩치의, 그… 이름이 뭐더라?"

"한철영 님이요. 아무리 여기에 말기 암 환자들이 와 있다고는 하지만, 하루 이틀 만에 그렇게도 될까요?"

허삼은 주머니에서 무언가를 찾았다.

"좀 불편해도 참아요. 내가 신 기운을 받으려면 이게 빨라."

그는 방울을 **빼**들었다. 미니 오색기가 달린 방울을 조심스레 주변을 살피면서 흔들었다. 주미와 세경은 서로를 보면서 난처한 얼굴을 했다. 허삼은 방울을 흔들면서 부채를 펴서 얼굴을 가렸다.

"허허, 뭔가 삿된 기운이 있어. 불길해."

"무슨 말씀이시죠?"

"그 한철영이라는 환자, 아무리 말기 암 환자라지만 입원한 지

얼마 안 돼서 중환자실이 말이 돼? 그자가 묘하게 불길한 기운은 감돌지만 죽을 얼굴은 아니었다고. 그런데 판세가 이상하게 흘러가네."

허삼은 그렇게 중얼거리듯 말하고 엘리베이터로 향했다. 남겨진 세경과 주미는 걱정스러운 얼굴을 했다. 시한부 생명을 받은 환자에게 죽음의 그림자가 날개를 펼친 모습이 실감이 되는 것이었다. 그게 자신에게 닥쳐올 일일지도 몰랐다.

그날 저녁 환자들은 식당에서 한철영의 부고를 받았다. 전명구는 한철영이 암세포가 급격히 번져 섬망 증세를 겪다 중환자실에서 호스피스 병실로 옮겨져 사망했다고 전했다. 환자들은 모두 놀라서 밥을 먹다 멈추기도 했고, 식당을 나가 침대로 가서 쉬기도 했다. 식사를 마친 환자들은 모두 침묵했다. 흐느껴 우는 이도 있었다. 한철영의 장례는 가족이 내려온 후에 의논한다고 했다.

허삼은 다인, 세경과 주미가 앉아있는 테이블로 와서 말을 걸었다.

"그 환자, 죽지 않았어. 그건 분명해."

"하지만 사인을 병원 의사들이 확인해줬는데요."

"한철영 환자는 처음에 나랑 같은 입원실 썼어요. 다음날 내가 입원실을 옮겼지. 사실 무속인도 자기 죽는 날은 모르지만, 그래도 다른 사람은 얼굴 기운이나 체격에서 뿜는 아우라로 대충 죽을지 살지 알아요. 그 한철영은 세경 씨와 헬스도 하고 그랬는데, 무슨 며칠 만에 죽어. 게다가 얼굴에 푸른 빛이 감돌면 죽을 위기라고 하는데 얼굴빛도 그렇지 않았어. 다만⋯."

"다만?"

"불길한 기운은 있어서, 뭔가 범죄자나 수배범은 아닐지 의심을 해봤거든요."

"불길한 기운이요?"

"응, 내가 모시는 장군 신령님은 인간성이 안 좋은 자들이 나한 테 상담 오면 주의 주시는데, 한철영 그자를 처음 보고 같이 방 쓰면서 계속 기운이 안 좋으니 피하라고 하시는 거야. 그래서 내가 혼자서 쉬어야 한다는 핑계를 대고 독방으로 옮겼어."

"그런데 신령님이 어떻게 주의를 주세요?"

"그야 나만 아는 시그널인데, 자꾸 내가 손에서 뭘 놓치기도 하고, 한철영을 은근하게 피하기도 하게 되는 그런 신호지. 자네는 말해줘도 몰라. 무속인들이 느끼는 그런 게 있어. 하여간 이상해. 그 불길한 자가 죽을 기운이 아닌데 죽었다고? 여기서 분명 뭔가 일이 벌어지고 있는 거야."

다인은 진지하게 물었다.

"허 선생님, 만약에 무언가 괴생명체라면 선생님은 대적하실 수 있나요?"

"괴생명체?"

"인간이 아닌, 왜 영화에서 보면 힘센 악령 같은 그런 거 있잖아요."

"아, 퇴마사? 귀신 쫓는 거? 내가 굿으로 그런 일을 해주기는 하는데, 그게 영화처럼 바티칸 신부가 하는 그런 것하고는 달라요."

"그렇지만, 그래도 어쨌든 대적하실 수 있으시단 말인가요?"

"정확한 그 실체를 알고 대결해야지, 모르고 하다가는 오히려 내가 당해요. 그러니 만약 귀신에 씌인 사람이 있으면, 가족들에게 증상이나 조상의 내력을 듣고 원인을 파악해야죠. 사실 귀신이 원인이라기보다는 정신 질환 환자도 많이 오는데 그럴 때는 병원 치료를 권하죠."

"그러시군요. 알겠습니다."

"주 형사, 그런데 대체 무슨 말을 하는 거죠? 그게 한철영의 죽음과 관련 있나요?"

"잘은 모르겠어요. 그런데 이 병원에 이상한 기운이 있는 것 같기는 해요. 악몽을 꾼 적도 있고요."

"무슨 내용인데요?"

"다음번에 말씀드릴게요. 저, 원장님 상담 가겠습니다."

"아, 알았어요. 어서 가봐요."

다인은 허삼과 대화를 마치고, 계단으로 지하로 향했다.

치료 방향과 검사 결과를 들으려 환자들은 원장과 진료 시간을 잡았다. 다인은 지하 검사실들을 지나쳐서 가장 안쪽의 원장실로 향했다. 원장실은 다인이 도착하자 슬쩍 저절로 열렸다. 다인이 작게 말했다.

"듀이 박사님."

"들어와요."

다인은 원장실로 들어갔다. 르네상스풍 문양이 새겨진 마호가니 책상 뒤로 서가에는 해골 모형과 각종 신체 장기들이 박제되어 유리병 속에 들어 있었다. 듀이는 의자에 앉아서 컴퓨터를 들여다보면서 다인을 맞았다.

"검사 결과를 보니 종양이 전이될 위험도가 높고, 크기가 빨리 자랄 확률이 높군요."

다인은 조용히 고개를 끄덕였다.

"원래 다니던 병원에서는 어떻게 치료 계획을 잡던가요?"

"종양의 크기가 커서 수술이나 항암보단 우선 지켜보자는 의견이 있었고, 기대 여명을 1년을 선고받았어요. 제가 구글에 이미지를 검색해보니 시한부 환자의 종양 크기와 비슷했어요."

"종양은 수술 전에는 확실하게 크기를 잴 수 없지만, 그래도 요즘은 MRI나 CT 등 각종 기계로 종양의 사이즈는 예측이 가능하죠. 다행히 제가 생각하는 치료 방향으로 맞추면 좋은 결과가 나올지 모르겠습니다. 이 서류에 사인해주시죠. 제가 행하는 정식 치료 이외에도 모든 치료에 적극적으로 임하겠다는 계약서입니다."

다인은 침을 꿀꺽 삼켰다. 긴장됐지만 그래도 방법이 없었다. 이대로 두면 죽음밖에는 길이 없었다. 다인은 듀이가 내미는 깃털이 달린 펜으로 사인을 했다.

다인은 듀이의 얼굴을 힐긋 보았다. 갈색 머리에 눈처럼 흰 피부를 지닌 그는 20대처럼 보였다. 무척이나 젊었고 피부는 결점이 하나도 없었다. 외모에서 차가운 기운이 뿜어져 나왔지만 다인을 바라보는 눈빛에 아주 잠시 연민의 기색이 있었다. 다인은 잠시 자신을 돌아보았다.

암에 걸리고 나서부터 그전처럼 거울을 보지 않았다. 매일 병색이 짙어져 가니 거울도 피했다. 아픈 증세는 없지만, 죽는 걸 알고는 무표정한 얼굴에 무슨 이야기를 들어도 좀체 호기심이나 활기가 넘치지 않았다. 주미가 생기 있는 얼굴로 활발하게 사람들과 어울리는 게 신기했다. 세경은 운동에 더욱 열중하는 것 같았다. 자신은 내면의 심연에 더욱 침잠해져 갔다.

이 병원에 전적으로 치료를 위해 왔지만, 아직도 나을까 하는 기대는 그다지 많지 않았다. 다만 다른 환자들의 살고자 하는 의지에 물을 끼얹고 싶지 않았다.

"저…, 제가 살 수 있을까요…?"

다인은 조용히 물었다. 정말 묻고 싶은 질문이었다. 신뢰는 안 가지만 누구보다도 살고 싶은 마음은 있었다.

"지금과 다른 생을 얻는다면 가장 먼저 무엇을 하고 싶죠?"

듀이는 흥미로운 눈빛으로 물었다.

"그, 그거야 다시 형사 직분으로 돌아가 범인을 잡고 어려움에 처한 사람을 돕고 일상을 살고 싶어요."

"다들 비슷한 말을 하죠. '로또에 당첨되면 어쩌시겠습니까' 물으면 집을 사고, 회사를 세우고, 차를 사고, 저축한다 뭐 이런 대답을 하겠지만, 병에서 나으면 다들 일상으로 돌아가고 싶다는 소박한 꿈만을 말하죠."

다인은 두 손을 공손히 모았다.

"그럼 다른 삶이 있…나요?"

"모르죠. 하지만 제가 미국에서 시한부를 판정받은 환자들이 완치 후 180도 다른 삶을 살아가는 걸 보았는데, 좀 인상적이더군요."

"어, 어떻게요?"

"겪어보시면 알 겁니다. 사인 마치셨으면 입원실로 돌아가 계십시오."

다인은 여러 장에 사인을 마저 하고 계약서를 듀이에게 건네고 원장실을 나왔다.

무척 특이한 면담이었다. 병이나 증세에 관해서 수술이나 시술 치료에 관해서는 거의 말하지 않았고 앞으로의 생에 대한 말을 주고받았다.

앞으로의 생, 과연 그게 내게 주어질 수 있을까?

나에게 새겨진
생명의 징표

그렇게 한철영의 사망을 받아들인 입소 환자들은 슬픔도 잠시, 검진 결과가 나와 본격적인 캔서 제로 기계 등 각종 치료에 들어갈 계획이 세워졌다. 1차로 20대 환자들이 치료에 들어간다고 하자, 중년의 환자들이 불만을 표출했다.

"젊어서 혜택을 먼저 받는다는 게 말이 돼요? 입소 환자 사망한 것만 봐도 말기 암 환자는 언제 죽을지 모른다고요!"

"제가 먼저 받게 해주세요, 제발요. 저는 누구보다 심하다고요."

환자들 사이에 분란이 일어나 원무과나 원장실로 가서 항의하는 일이 있었지만, 병원의 방침이 싫으면 전원하라는 통보에 환자들은 모두 자기 차례를 기다리기로 했다.

다인은 1차 치료자로 선정되었다. 20대가 가장 치료 효과가 높다는 이유가 커서였다. 다인은 듀이와 진료실에서 진료를 보았다.

앞이 터진 환자복을 입고 듀이 앞에 앉았다. 방소연 간호사가 물었다.

"환자복 열어보세요. 진료하실 겁니다."

다인은 천천히 환자복을 열었다. 듀이는 진지한 얼굴로 차트를 보았다.

"왼쪽 유방 아래로군요."

"네."

듀이는 다인의 왼쪽 유방과 겨드랑이를 촉진하고 나서 말했다.

"저희 병원은 비수술이 주된 치료이기는 하지만, 이 경우는 부분 절제를 통해서 암 종양을 거두어내는 게 맞습니다."

다인은 떨리는 목소리로 물었다.

"제가 진단받은 병원에서는 전부 절제하는 수밖에 없댔어요. 진짜로 부분 절제 가능한가요?"

"네. 그리고 캔서 제로 기계를 통해 암세포를 사멸시키는 치료를 병행할 겁니다. 수술은 오늘 자정부터 금식하면 내일도 가능합니다. 어떻게 하시겠어요?"

"전, 나을 수 있다면 전적으로 이 병원에서 모든 치료를 받고 싶어요. 부탁드립니다, 선생님."

"아마 10센티미터 미만의 절개 상처는 남겠지만, 안쪽으로 녹는 실을 이용해 붙이니까 큰 흉은 안 질 겁니다. 집도는 제가 합니다."

다인은 눈시울에 눈물이 고였다. 어떻게든 살고자 하는 의지가 앞서고, 무조건 병원의 치료를 따르고 싶었다.

다음날, 다인은 머리와 발에 부직포 모자와 덧신을 신고 휠체어로 이동해 수술장으로 들어갔다. 마취과 의사와 간호사들이 기다리고 있었다. 방소연은 다인의 팔에 혈관 주사를 놓았다.

"걱정 말아요. 저는 혈관을 단번에 찾는 혈관 전문가랍니다. 안아파요."

다인은 수술대에 누워 천장을 보았다. 백색 조명들이 눈을 부시게 했다. 온몸을 간호사들이 묶었다. 마취과 의사가 말했다.

"심신 안정을 위해 리도카인을 천천히 주사놓을 겁니다. 점차 주무실 테니 걱정 마세요."

다인이 눈을 감으려는 찰나, 듀이의 얼굴이 보였다. 초록색 수술복과 두건을 쓴 그는 다인을 묵묵히 응시했다. 다인의 의식이 그 순간 끊겼다.

"아, 아파…."

눈을 떠보니, 입원실에 주미와 세경이 다가와 다인의 손을 잡아주었다.

"수술 시간은 2시간도 안 걸렸어. 전이는 된 부분이 있지만, 이 병원에서 모두 낫게 해준대."

주미가 말했다. 세경은 눈물을 글썽였다.

"고생했어, 다인아. 정말 힘들었지."

"아, 아파…. 나 잠 좀 잘게."

다인은 그날 항생제와 진통제 주사를 맞고 종일 잠에 빠져들었다.

수술 다음 날 아침 일찍 일어난 다인은 방소연 간호사에게서 수술 후 주의사항과 함께 앞으로 진행될 치료 스케줄 표를 받았다. 신약을 몸속에 주사하고 나서 며칠 후 캔서 제로 치료를 받는다고 적혀 있었다.

다인은 희망을 받아든 느낌이었다. 며칠 후, 샤워가 가능하대서 거울로 왼쪽 가슴의 수술 절개선을 보니, 10센티미터 정도의 상처가 사선으로 그어 있는 게 보였다.

'나의 생명의 징표. 내가 살 수 있다는 희망의 상처. 나는 살 수 있다.'

다인은 온몸의 세포가 하나하나 깨어나는 느낌을 받았다. 반드시 산다. 살아서 나갈 것이다.

캔서 제로 항암 치료 첫날이 왔다.

다인, 세경, 주미의 순서대로 캔서 제로에 들어가게 되었다. 다인처럼 세경, 주미도 수술과 시술로 종양 덩어리를 작게 만들고 정식 치료에 들어가게 되었다. 저마다 몸에 고유한 절개 상처를 지녔다는 게 그들 사이를 더욱 공고하게 했다.

다인은 캔서 제로 기계에 간호사의 도움으로 들어갔다. 상의를 탈의하고, 종양이 있는 가슴에는 금속으로 된 둥근 기계를 씌웠다. 그리고 MRI 같은 대형 원통 안에 들어갔다. 기계가 닫히자 안에서 존 듀이의 목소리가 들렸다.

"우리가 같이 카메라로 지켜보니 폐쇄되었다는 공포에서 나오시고 지시에 잘 따라 주십시오. 잠시 후 큰 소음이 들려도 놀라지 마십시오. 자기장을 비롯한 강력한 파워 에너지로 암세포를 흡입하는 과정입니다. 미국에서 큰 효과를 본 환자들이 많으니 믿고 따라주세요."

잠시 후, 정말로 큰 소음이 온통 사방에서 울렸다. 쾅쾅쾅쾅쾅! 망치로 기계를 두드리는 듯했다. 머리 쪽에서 가슴 위에서 아래에서 소음이 번갈아 흘러나왔다.

다인은 눈을 질끈 감았다. 목적을 위해 두려움을 참았다. 치료를 마치고 강력계 형사 일도 하고 결혼해서 자녀도 낳고 싶었다. 목적이 있다. 난 살아야 한다. 정의를 위해 공익을 위해 사명감을 가지고 경찰이 되었다. 일하기 전에 갈 수는 없었다.

난 살아야 한다. 난 나가서 할 일이 있다. 하느님, 제발 저에게 기회를 주세요.

소음은 끝없이 이어지고, 고통은 계속되었다. 온몸에 진동이 느껴지고 전류가 흐르는 듯 찌릿찌릿했다. 특히 암세포가 있는 가슴 부분이 시큰거렸다. 다인은 묵묵히 참았다.

"괜찮으신가요?"

듀이였다.

"네. 괜찮습…니다."

"강도를 높입니다. 치료 효과를 높이기 위해서입니다. 조금만 더 참으세요."

갑자기 큰 소음과 함께 온몸이 붕 뜨는 듯 들썩거렸다. 다인은 잠시 정신을 놓았다. 하늘을 올라가는 듯한 느낌 그리고 피가 다 빠져나가는 느낌. 다인은 다시 정신을 차렸다.

기계가 열리면서 듀이의 얼굴이 보였다. 차가워 보이는 눈같이 흰 얼굴. 그가 다인과 시선을 맞췄다.

"1차 치료가 끝났습니다. 회복실로 이동을 하겠습니다."

캔서 제로 기계에서 나오다 휘청하는 다인을 간호사들이 부축해 회복실로 이동해 링거를 놓았다. 다인은 깊은 잠에 빠져들었다.

전명구가 중간에 잠시 보러 왔을 때 다인은 눈을 뜨고 대화를 나누었다.

"괜찮아요?"

"네, 괜찮습니다."

"그런가요? 이 신기술 치료법은 이후 관리가 중요합니다. 듀이 박사님이 설명해주실 거예요."

"네."

다인은 눈을 감았다.

치료 후 3일간 다인은 깊은 무기력감에 빠져들었다. 나른했다. 내내 침대에 누워서 수액만 맞고 식욕 없이 지냈다. 세경과 주미는 차례로 치료와 수술을 받느라 입원실에 들어오지 않았다. 다인은 침대를 가리는 커튼을 치고 심연 같은 죽음보다 깊은 잠에 빠져들었다. 듀이와 간호사들이 교대로 살피러 왔고, 전명구도 와서 주의 사항을 일러주고 갔다. 다인은 "네, 네."라고 말할 뿐 침대에서 일어나지 않았다.

꿈을 꾸었다. 누군가 쫓아오는 꿈, 자신이 형사로서 누군가를 쫓는 꿈 그리고 큰 벌레가 뚝 벽에서 떨어지는 꿈…. 다인은 벌레를 피하려고 침대에서 벌떡 일어났다.

시계를 보니 자정이었다. 옆 침상에서 주미가 코를 골고, 세경이 쌕쌕대는 숨소리가 들렸다. 모두 잠에 빠져든 것 같았다. 다인은 다시 침대에 누워 멀뚱멀뚱 눈을 뜨고 있다가 감았다.

아침이었다.

다인은 기지개를 켜며 일어났다. 믿을 수 없는 활력이 솟아났다.

암을 선고받은 뒤 내내 우울하다가, 룸메이트들과 이야기를 할 때는 잠깐 기분이 좋아졌고, 혹시 나을지도 모르는 희망에 사로잡혀 잠깐 안도하는, 그렇게 기분이 오락가락하며 불안한 하루하루를 보내왔다.

그런데, 지금 그녀는 엄청난 활력과 자신감을 느꼈다. 무언가 달라졌다. 다미와 세경이 다가와 활짝 웃으면서 말을 걸었다.

"주 형사님, 기분이 어때? 난 학생들 가르치던 초임 교사 시절 같아. 이상해."

"나도 엄청 활력 넘치던 때로 돌아간 것 같아."

"믿을 수 없어. 오늘 듀이 박사 진료 시간이 몇 시지?"

"11시."

"어? 나도. 단체 진료인가?"

다인은 씻고 나갈 준비를 했다. 셋은 아침밥을 두 그릇씩 비웠다. 식욕이 솟구치고, 활기찬 일상을 보낼 준비가 되었다. 진료 시간에 맞춰 지하에 있는 듀이의 사무실로 찾아갔다.

다인, 세경, 주미는 사무실에 노크하고 들어섰다. 듀이는 그들을 기다리고 있었다는 듯 의자에서 일어나 반겼다. 그는 그들에게 은은한 차를 내려주었다.

"히말라야에서 고원에서 자란 모링가 나무의 잎차입니다. 항염증과 항암 작용을 합니다. 천천히 드시면서 이야기를 나눠봅시다."

다인은 차를 음미하면서 고개를 숙였다. 듀이는 낮은 목소리로 차분하게 말했다.

"당신들이 여기서 퇴원하게 되는 한국 내 첫 완치자들입니다. 그간 한국 분원에서 암세포 사멸을 시도했지만, 치료를 이겨내지 못하는 환자들은 완치하지 못한 채 퇴원했고, 치료를 받아도 낫지 않은 사람들도 있었죠. 완치자들에게는 제가 특별히 따로 퇴원 후 관리 교육을 시켜드립니다."

다인이 떨리는 목소리로 말했다.

"암 환자는 보통 5년을 보는데 정말 완치가 된 걸까요?"

듀이는 조용히 침묵하며 차를 마셨다.

"저는 암세포가 사멸되었다고 확신합니다. 이 서류를 보시죠."

다인은 듀이가 내미는 서류를 살펴었다.

"여기서 있었던 치료과정과 생활과정을 밖에서는 절대 발설해서는 안 된다는 내용이 담긴 서류입니다."

다인이 물었다.

"사인하기 전에 궁금한 것을 묻고 나가고 싶습니다."

"물어보시죠."

"저는 최근에 악몽을 꾼 적이 있었는데 되짚어 생각해보니 진짜 현실이었습니다."

세경과 주미가 놀란 얼굴로 다인을 보았다.

"제가 잠들기 직전에 병원 정원을 빠져나가 숲속에서 겪었던 일들은 진짜가 맞습니다. 흙이 묻은 신발과 양말을 서비스 일환이라면서 간호사실에서 세탁해 가져다주었죠. 무언가 이상했어요. 곱씹어 생각해보니 꿈이 아닙니다. 저는 제가 여기서 복용한 약 때문에 환각을 겪은 거라 생각하지 않습니다.

듀이 박사님, 사실을 말해주시죠. 여기서 일어나는 일과 갑자기 죽은 한철영 환자 그리고 우리가 받은 치료에 의해 정말로 우리가 현대 의학으로도 못 고치는 병이 나은 건지 궁금합니다."

세경과 주미도 듀이에게 강한 눈빛을 보냈다. 듀이는 잠시 생각하다 말했다.

"이제 나와 얘기할 기회가 많지 않겠으니까 답을 해주죠. 당신들은 내가 어떤 존재라고 생각하죠?"

다인은 난처한 표정을 지었다.

"대체 현대 의학이 고치지 못하는 우리를 어떻게 이렇게 낫게 한 거죠? 당신은 신인가요?"

듀이는 미소를 지었다. 핏기 없는 하얀 얼굴의 그는 얼굴에 웃음기를 띤 적이 거의 없다.

"신은 아니지만, 당신들 인간들이 생각하는 그 불멸의 존재는 맞습니다."

주미가 놀라서 외쳤다.

"대박! 뱀파이어? 그거 맞죠. 내가 트와일라잇 시리즈 책과 영화를 몇 번을 봤는데! 오 마이 갓!"

듀이는 고개를 약간 끄덕인 후 말을 이어나갔다.

"그리고 한철영은 뱀파이어 하이브리드족 일원입니다."

"하이브리드?"

"그들은 돌연변이로 태어났지만 한편으로 금지된 경로로 몸의 능력을 배가시켜서 오리지널 뱀파이어들보다 더 힘이 월등하게 셉니다. 나도 그날 한철영을 상대하면서 위험할 뻔했죠."

"당신이 바로 나를 두 번씩이나 구해줬던…. 그럼 한철영은 죽었나요?"

"아니오, 도망갔습니다."

다인이 따져 물었다.

"왜 병원을 떠나는 우리에게 진실을 말하는 거죠?"

"그건 당신들은 이제 인간과는 다른 삶을 살게 되니까. 달라진 생활방식에 대해 물으러 다시 나를 찾아올 테니까."

"달라진다?"

"내가 그동안 많은 난치 질환자들을 치료했지만, 당신들처럼 완벽하게 이겨내고 새로운 개체로서 태어난 사람들은 처음이죠. 아마도 20대라는 나이가 원인인 것 같습니다. 이제 내 나이는 대충 짐작을 할 테죠. 당신들의 나이들의 몇십 배 나이를 더 먹었습니다. 내가 연장자니까 말을 편하게 해도 되겠죠?"

다인이 다시 물었다.

"그 왜 무덤가에서 나를 쫓아오던 여자들은 뭐죠?"

듀이는 씩 미소를 지었다.

"다키니들이 장난을 쳤군요. 우리는 어차피 일반 사람들보다는 여러 다양한 종족들과 일을 하고 있습니다. 여기 간호사, 의사 중

여럿이 뱀파이어나 다키니입니다."

주미는 다키니를 검색해보고 낮게 읊조렸다.

"야간에 무덤에 모여서 고기와 술을 먹고, 성적 방종을 하는 인도의 귀령. 인육을 먹고, 특수한 마술 능력을 지녔다."

"어디선 본 얼굴이 아니었을까?"

듀이의 말에 다인은 그제야 다키니 얼굴이 방소연 간호사와 비슷하다는 걸 깨달았다.

"이, 이럴 수가 있다니. 말도 안 돼."

"다키니들은 장난치는 걸 좋아합니다. 그리고 내가 환자들에게서 추출한 암 종양을 원하지요. 그래서 이 병원에서 간호사나 의사로 근무하고 있습니다. 그리고… 내가 천년의 나이를 지녔으니 말편히 놓아도 되지?"

"이 모든 게 현실이라니!"

세경이 외쳤다.

"그대들의 몸에서 추출한 종양 덩어리에서 에센스를 추출해 남은 덩어리를 다키니에게 주지."

다인은 진지하게 질문했다.

"그걸로 뭘 하는 거죠?"

"다키니들은 어딘가에 팔고 있고, 난 내 몸에 주입해. 난 죽고 싶은 뱀파이어니까…."

그 말을 하는 듀이의 얼굴에 짙은 그림자가 드리웠다.

"악성 신생물을 아무리 주입해도 고작 수명의 1, 2년밖에 줄일 수 없지만."

"뭐라고요? 그러니까 암 환자의 악성 신생물을 빨아들여, 체내에 주입하면 본인의 생명이 단축된다, 뭐 이런 말이에요?"

"그래, 이세경 환자는 의사 출신이라니 말은 좀 통하는군. 나 같은 뱀파이어들은 전혀 죽지 않아. 다만 악성 신생물을 주입하면서 뭔가 사그라지는 느낌이 들 때도 있고 언젠가 사라지지 않을까 하는 희망이 드는 거지."

다인이 앞으로 거칠게 나서면서 듀이에게 물었다.

"그럼 듀이 박사님, 우리는 지금 완치됐지만 나중에는 어떻게 되는 거죠?"

듀이는 한숨을 쉬었다.

"내가 감당한 천년의 무게를 지기에는 그대들은 너무도 순진하지. 일단 요사이 벌어진 신체의 변화를 말해보자고. 주다인 환자부터 말해봐."

다인은 천천히 말했다.

"솔직히 여기 와서 수술 후 캔서 제로 기계에서 치료받고서 왼쪽 가슴 종양이 딱딱한 게 완전하게 사라졌어요. 신기했어요. 하지만 이상하게, 흐르는 물을 보고 무서워하게 되었고, 기도당의 십자가상을 보고 놀란 적도 있어요."

"좋았어, 그럼 이세경 환자는 어떤가?"

"저, 전 헬스 트레이너라서 익힌 단백질을 주식으로 했는데도 불구하고 계속 비린 음식이 당겼어요. 선지는 안 먹는데 그게 그렇게 먹고 싶었고, 이상하게 밤마다 성욕이 오르고, 아침에 일어나면 힘이 솟았어요. 체력단련장 헬스 기구 망가뜨린 게 저랍니다. 죄송해요."

듀이는 고개를 끄덕였다.

"하는 수 없지. 내 월급으로 고칠 테니 걱정 말아요. 그럼 오주미 환자는?"

"저, 사실 비건이에요. 그런데 암 환자니까 적정한 단백질 섭취가 필요하다는 마음으로 조금은 먹고는 있었어요. 그런데 고기가 미칠 듯이 먹고 싶어졌어요. 그리고 냄새도 싫던 음식들이 맛있어지더라고요. 그리고 참 이상하게 반찬으로 나온 콩의 개수를 세거나 뭔가 물건을 정렬해놓기도 하고요. 마늘은 못 견디게 싫어지더라고요. 그, 그리고 결정적으로 이상한 거는 사실 이거 단발 가발이거든요."

주미는 가발을 벗었다. 가발망을 벗으니 머리카락이 새카맣게 나 있었다.

"항암 치료로 빠졌던 머리카락이 갑자기 며칠 만에 이렇게 났어요."

듀이는 활짝 웃으면서 고개를 끄덕였다.

"내가 걸린 병이라고나 할까, 아니면 나 같은 뱀파이어 종족들 특성이라고 할까. 이 증세는 공수병 증세와 상당히 비슷하지."

"공수병? 광견병이요?"

다인의 말에 존 듀이는 고개를 끄덕였다.

"맞아. 광견병과 비슷한 증세가 있어. 뱀파이어는 상대방을 물어뜯으면서 피를 통해 바이러스를 전해. 하지만 우리 존 듀이 암 케어 병원에서는 여러분들의 악성 종양 세포를 캔서 제로 기계에서 흡수해 그 추출물을 뽑아내지.

광견병 걸린 사람의 대표 증상이 물을 무서워하고, 공수증으로 인한 탈수증으로 사망하기도 해. 그리고 공수병 환자는 극도로 예민해져서 강한 자극을 두려워해. 마늘 냄새, 강한 햇빛, 십자가의 뾰족한 걸 두려워하는 첨단공포증, 그리고 거울에 비친 모습도 두려워해. 변한 자신의 모습을 직시하는 걸 싫어하니까.

그리고 야행성이 되는데, 온갖 빛과 소음들이 줄어든 세상에서는 힘이 나지. 그리고 민감하니까 물건들의 정렬에 예민하고, 공격적 호르몬 증가로 온몸의 털이 빨리 자라는 특징도 있어. 난 천년 이상 살았으니, 그 모든 특징이 어느 정도 완화됐어. 이제는 매일 면도를 하지 않아도 돼. 마늘 들어간 김치도 잘 먹는다고, 후후."

주미가 겁에 질린 눈으로 물었다.

"그, 그럼 제가 예민한 것은 그렇다 치고, 전 비건이었는데 이제부터 고기를 매일 먹고 살아야 하는 건가요?"

"후하하, 고기? 그대들은 좀 있으면 그걸로 절대 만족 못 해. 이곳을 떠나도 나를 찾을 날이 반드시 올 거야."

세경이 소리 질렀다.

"말도 안 돼. 우리가 흡혈귀가 된다는 거야, 뭐야?"

듀이는 비릿한 웃음 지었다.

"선택해. 다시 예전의 시한부 인생으로 돌아갈 건지, 아니면 영원불멸의 삶을 살든지. 그대들 몸에서 추출한 악성 종양 세포를 다시 주입하면 뱀파이어로서의 유전자는 죽일 수 있어. 하지만 다시 예전의 환자가 되는 거야."

다인, 주미, 세경은 서로 얼굴을 쳐다보았다. 그 누구도 시한부 인생으로 되돌아가고 싶지는 않았다. 다인이 진지하게 질문했다.

"그럼, 우리가 어떻게 살아야 하는 건가요? 혹시 헌혈한 피를 구해 마시면 되는… 뭐 그런 거는 없나요?"

"후하하하하하하하! 헌혈한 피를 구하는 것은 특수 조직의 힘을 구하지 않고는 불가능해. 그런 차원의 문제가 아냐. 진화심리학자 데이비드 버스의 《이웃집 살인마》라는 책을 읽어보았나? 거기선 이런 구절이 나오지. '90퍼센트 이상의 남성과 80퍼센트 이상의 여성이 누군가를 죽이는 환상을 가졌다'고. 인간의 살인 욕구는 생존과 번식에서 자연스레 진화된 것이지만, 죄책감, 양심, 사회적 관심과 법으로 억누르는 것이지. 하지만 뱀파이어 종족은 가끔 그 욕구를 억누르지 못할 때가 있어. 그때 사람의 생혈을 빼는 짓을 결국 하게 되지."

다인의 얼굴이 새파랗게 되었다. 세경이 도리질했다.

"난, 의사입니다. 그런 일을 할 수 없어요."

"나도 교사라고요! 안 돼요. 방법을 알려줘요. 당신 듀이 박사도 그러고 살지는 않겠죠?"

"난 천년을 살았다고. 안 해본 일이 없어. 일단 다시 일상으로 돌아가고, 정말로 안 되겠다 싶은 순간에 연락해. 방법은 있으니까."

다인이 날카롭게 물었다.

"듀이 박사, 우리의 암세포를 추출해 어디에다 쓰는 거야? 설마 살상용 화학무기 등을 만드는 원료로 쓰는 건 아니겠지?"

"난 노년 뱀파이어에 속하고 다잉영(Dying Young) 그룹이야. 나이는 외모와는 상관없어."

"노년 뱀파이어? 다잉영 그룹?"

"그래, 주다인. 난 천년을 산 게 너무도 힘들어서 이제는 죽을 방법을 모색해. 암 환자 몇 명에게서 나온 악성 종양 세포는 내게 1, 2년의 수명을 겨우 단축시킬 뿐이야. 너희들 인간은 한해 한해 늙고 건강이 악화되는 게 싫겠지만, 난 매년 불멸의 인생을 또 살아야 하는 비극적인 존재야. 나같이 죽고자 하는 뱀파이어는 일찍 죽고자 하는 다잉영 그룹을 만들어 연구 중이고, 또 한편 인간과 뱀파이어 사이에 태어난 하프 뱀파이어들은 300년 살기도 힘드니 더 오래살 방법을 모색하지. 한편 세포 돌연변이 뱀파이어, 즉 하이브리드족들은 우리처럼 은둔 생활을 원하지 않아. 그들은 영원불멸을 꿈꾸며 인간을 살육해 자신들이 최상위 포식자가 될 꿈을 꾸고 있지.

그들을 만난다면, 자네들 목숨도 안전치 못하니 무조건 피해. 아마도 한철영은 우리 병원에서 치료를 받는 환자들을 납치해 정보를 빼내려고 했을 거야. 그러니 자네들은 돌아가서도 하이브리드들의 납치 표적이 될지도 모르니 조심하도록."

세경이 진지하게 물었다.

"그럼 우리는 암 환자에서 뱀파이어가 됐으니 어떤 종족에 속하지?"

"어허, 이제 슬슬 뱀파이어가 됐다고 말을 놓네? 자네들은… 뱀파이어, 캔서 페이션트…. 그래, 뱀파이어 암 환자단으로 봐야 하겠지. 내가 만들어낸 창조물들이야. 이제 세상으로 나가서 살다가 도저히 특성을 못 이겨내겠으면 찾아오라고."

주미가 말했다.

"당신 같은 뱀파이어들이 우리 주변에 있다는 건가요? 하이브리드족, 하프 뱀파이어들이요."

존 듀이는 웃었다.

"모르지, 당신 다니는 고등학교에도 있을지. 난 뱀파이어계에서 죽고자 하면서 방법을 모색하는 다잉영 그룹에 속하지만, 영원히 살고자 하는 뱀파이어도 많으니까."

"말도 안 돼!"

주미가 외쳤다. 다인이 물었다.

"그럼 우리는 이제 완치됐으니, 서울로 올라가 하던 일 하면서 살면 되는 건가요? 당신에 대한 비밀을 영원히 간직하고요?"

"그건 맞아. 그리고 단언하는데 그대들이 먼저 나를 찾아오게 될 일이 생길 거야. 그때는 정중하게 예약 날짜를 잡고 오도록. 나에게 외래 진료 신청을 하면 돼. 그리고 주의할 점은 혹시 당신들이 뱀파이어가 된 걸 연구하기 위해 납치하려고 접근하는 일당들이 있을지 모르니 늘 조심하고."

세경이 놀라서 물었다.

"우리를 납치한다고요?"

"나와 같은 순혈족과 다른 하이브리드족들은 인간 세계를 파멸시키기 위해 인간을 주기적으로 납치하고 인간의 몸에서 나오는 물질로 각종 실험을 진행하고 있지. 그들을 피해다녀야 해."

다인이 물었다.

"그들과 싸우기라도 해야 한다는 건가요?"

"그들이 공격을 가해올 때 고소라도 할 생각인가?"

듀이는 일어나서 다인, 세경, 주미에게 각각 다른 디자인의 진주 브로치를 달아주었다.

"우리 병원에서 완치돼 뱀파이어 일원이 된 사람에게는 진주 브로치를 달아주지. 미국에선 이미 100명이 나왔어. 암은 진주야. 이물질이 몸에 들어온 조개는 그걸 품고 진주로 만들어. 이물질은 진주가 되지. 그대들은 아마 암에 걸리기 전과 암을 선고받은 후가 다를 거야. 스스로 성장하고 인생을 다시 돌아보게 되었을 거야. 그게 그대들이 받은 진주인 거지. 내가 그대들에게 뱀파이어로서의 새로운 인생을 줬다는 의미로 이 브로치를 주는 거야. 최근 5년간은 그대들이 처음이야. 그만큼 나에게 영향을 미친 강한 암세포를 준 사람들은 그대들이 처음이군. 나가서 새로운 인생을 살도록.

하지만 알아둬. 나를 다시 찾을 날이 올 거고, 그때는 이 진주를 기억하면서 새로 얻은 삶을 어떻게 살지 다시 생각해야 할 거야. 오늘 여기서 있었던 말들은 외부에 알려봤자 인간들은 바보 취급만 할 테니 주의하라고."

세경이 밝은 미소를 지었다.

"전혀요. 저는 암이 사라졌으니 이제 다시 트레이너로, 의사로, 건강전도사로 돌아가면 돼요. 여기에 뱀파이어가 산다는 비밀을 말해봤자 제 정신 건강만 걱정할 테니 염려 놓으세요. 살다가 이상하면 다시 병원에 올게요. 다인아, 주미야. 어서 가자. 짐 꾸리자."

그녀들은 돌아서서 원장실을 나갔다. 주다인은 뭔가 석연치 않은 얼굴이다. 르네상스 시대 초상화가 여럿 걸린 복도를 걸으면서 고개를 저었다.

"이건 말도 안 돼. 난 분명히 시한부 인생이었어. 그런데 가슴에서 종양이 사라졌다니 믿을 수 없어."

주미도 말을 이었다.

"나도 그래. 우리 다른 종합병원에서 검사받고 다시 의논하자. 여기 존 듀이 병원의 신약과 의료 기기 모두 너무나 새로워. 그리고 저 뱀파이어라는 존 듀이 원장의 말을 무슨 수로 믿어. 얼굴만 핏기가 없고 차가워 보이는 게 닮았을 뿐이지. 드라큐라가 현실에 있다면 누가 믿겠어?"

세경은 껄껄 웃었다.

"난 상관없어. 뱀파이어든 아니든 어서 이곳을 벗어나 다시 26세의 레지던트 과정 준비 중인 헬스 트레이너 이세경으로 돌아갈 거야. 인스타도 다시 열어야지! 우와아아아, 이제 살겠어!"

다인 일행은 그렇게 듀이와 대화를 나누고 헤어졌다. 듀이의 사무실을 나올 때, 다인은 그의 얼굴에 드리운 깊은 고뇌의 그림자를 엿보았다.

뱀파이어로서의
새로운 삶

세경은 병원 지하 한식당을 찾았다. 그리고 지난번처럼 한정식 코스 1인분을 시켰다. 잠시 후, 젊은 여성이 물과 전채 요리를 서빙했다. 세경은 놀라서 물었다.

"여기서 근무하시던 이승훈 씨 관두셨나요?"

"네? 아, 저기 계세요."

주방에서 나온 승훈이 성큼 걸어서 다가왔다.

"세경 씨 맞죠? 병원에 진료 보러 온 겁니까? 치료받으러 다녀온다고 했잖아요."

승훈이 환한 얼굴로 맞아주었다. 세경이 일어나 승훈을 가볍게 허그했다.

"병이 나았어요. 기적처럼요. 오늘 몇 시까지 근무하세요? 퇴근하시고 커피라도 해요. 할 말이 있어요."

"어? 그게 저. 손님과 따로 만난 적이 없어서 곤란한데요."

세경이 빙그레 웃으면서 승훈을 보았다.

"이봐요, 말기 암에서 치료받아 나은 사람을 그렇게 홀대해도 돼요? 친구들과 호텔 애프터눈 티타임, 와인바, 클럽을 모두 제쳐두고 여기에 왔단 말이죠. 제가 죽기 직전의 위시리스트 첫 줄이 승훈 씨 만나러 여기 식당 오는 거라고요. 그런데 곤란하다고요?"

"죄송해요, 그럼 이따 만나요."

"내 명함 줄 테니 전화해요. 장소 알려줄게요."

그날 저녁 승훈과 세경은 병원 근처의 자그마한 카페에서 만났다. 세경은 밝은 얼굴로 말했다.

"존 듀이 병원에서 신약과 캔서 제로라는 미국에서 들여온 기계로 암세포를 추출해서 종양 크기가 작아지고 지금은 거의 완치 단계예요."

"정말 잘됐습니다. 축하드려요."

"이제 트레이너 생활도 하면서 레지던트 과정을 밟을 예정입니다."

"아, 바빠지겠어요. 그렇더라도 건강 챙겨가면서 하세요."

세경은 커피를 조심스레 마시면서 고개를 끄덕였다.

"암 진단을 받고 처음에는 속에 자극을 줄까 봐 이 커피도 마시지 못했어요. 지금도 조심스럽지만요. 저어 그런데…. 승훈 씨, 지금 사귀는 여자친구 있나요?"

세경은 눈을 동그랗게 뜨고 그를 보았다.

"싱글입니다. 바쁘게 살아 그런지 도통 사귈 기회가 없어요. 저는 주 6일 일하고 평일 휴무라서 주말에도 식당에서 일하거든요."

세경이 환하게 미소지었다.

"저에게 기회를 주세요. 저와 만나는 건 어때요?"

승훈이 놀랐다.

"네에?"

"아, 그게 미안해요. 제가 이상형이 아닐 수도 있죠. 그리고 전 환자였고 언제라도 다시 아플 수도…."

승훈이 놀란 표정으로 되물었다.

"그것보다 몇 번 보지도 못한 저에게 왜 그런 말을 하는지 궁금해요."

"저 계룡산 중턱에 있는 존 듀이 병원에서 내내 치료를 하고 병이 나아서 나가면 무언가 해야겠다 마음먹은 게 있었어요."

"그게 뭔데요?"

"연애요."

"연애?"

"네, 의과대학 다니면서도 공부만 했지 남친 사귀어본 적 없었어요. 그리고 헬스 트레이너 하면서도 썸만 타다 끝났지, 없었고요. 모쏠입니다. 그러니 병을 고치면 당장에 연애를 하려고 마음먹었는데, 아무리 듀이 병원 입원실에 누워 누구랑 사귈지 생각해봐도 대상이 없는 거예요. 그렇다고 결혼정보회사 바로 찾아가기는 그렇고요. 그러다 제가 병 진단받고 울 때 정말 힘들 때 옆에서 위로해준 승훈 씨가 생각났어요."

승훈은 세경의 이야기를 잠자코 들었다.

"밤마다 기도하면서, 치료하고 나가면 반드시 승훈 씨에게 찾아가 사귀자고 말하자고 다짐을 했죠. 그래서 오늘 마음 굳게 먹고 온 거랍니다."

승훈은 고민하다 조심스레 말했다.

"세경 씨는 의사시고, 저는 한식당 서빙 직원입니다. 그리고 저는 아프신 어머니 모시며 살고 있어요. 장난치는 마음 같으면 당장 접어주세요."

세경이 목소리를 높였다.

"아뇨, 절대 장난 아니에요. 전 단지 대화가 잘 통하고, 제가 가장 힘든 순간에 저를 따뜻하게 위로해준 사람에게 대시하는 거예요."

승훈은 고민하는 얼굴이었다.

"제가 주말에 시간이 안 나니 평일 퇴근하고 잠시 이 카페에서 대화를 나눠봐요. 저도 무척이나 조심스러운 성격이라서 뭐든지 급한 건 싫습니다."

세경이 환한 얼굴이 되었다.

"이얏호, 그럼 당분간은 여기서 말을 나눌 수 있는 거죠? 저도 천천히 가는 거 좋아합니다. 물론 제가 근무하는 헬스클럽에 와서 운동하면서 이야기 나누는 것도 좋겠지만, 아앗 그건 직장이라서 안 되겠죠? 어찌 됐든 제가 선톡 하면 답장 꼭 해요. 알겠죠?"

승훈은 천천히 고개를 끄덕였다.

"우리 식당 와서 영양가 있는 메뉴 많이 드세요. 병원 진료 볼 때마다 정성껏 준비해드릴게요."

"물론이죠, 우리 둘이 만나는 건 식당서 티 안 낼게요."

세경과 승훈은 커피를 마시면서, 다정하게 알콩달콩 여러 이야기를 나누었다.

한편, 주미는 휴가를 끝마치고 학교에 복귀해 수업을 들어가던 중이었다. 교실 복도에 들어선 순간, 주미는 코를 찡긋거렸다.

"아, 이 냄새. 역시 학교 복도의 나무 바닥 냄새는 너무나 친근해. 그리고 이 떠드는 학생들의 생기발랄한 모습이라니….

이때 한 학생이 뒷문서 나와 주미를 보더니 황급히 교실로 들어갔다. 주미는 뭔가 이상하면서 만우절 장난같은 걸 치나 싶어 조심히 교실 문을 열고 들어갔다. 갑자기 큰 환호가 터져 나오면서, 학생들이 모두 일어나 박수쳤다.

"선생님! 완치 축하드려요~!"

폭죽이 터지면서, 학생들이 노래를 불렀다.

"축하합니다~ 축하합니다~ 선생님의 쾌차를 축하합니다~~. 선생님, 만수무강하세요. 오래오래 사셔서 우리 대학 가고 결혼해서 찾아와도 학교에 계셔야 합니다~."

"이 녀석들… 결국 나를 울리네…. 진단받고도 안 울고 꾹 참았던 나인데. 아이구, 고맙다. 그래 오래 살아서 너희들 아이 낳는 것도 보고 싶다."

환호와 박수가 번갈아 터져 나오고, 주미는 학생들 하나하나와 손을 잡고 인사를 하고 나서 수업에 들어갔다.

세경은 오랜만에 나온 헬스클럽에서 씩 웃었다. 근육남과 근육녀들이 열심히 운동하고 있었다. 도자 캣의 'Like That'이 경쾌하게 흘러나오고, 세경은 크롭탑과 레깅스를 입고 몸을 스트레칭해 풀어 주었다. 힙어브덕션에 앉아서 가볍게 60킬로그램을 드는데, 이상하게 아무런 자극이 없었다. 100킬로그램도 비슷했다. 기구에서 가능한 140킬로그램 최대치를 허벅지와 엉덩이 힘으로 드는데, 너무 쉽게 들렸다. 보통 이 정도 중량은 보디빌더들도 힘들어한다.

이번에는 랫풀다운에 앉아서 가볍게 60킬로그램 중량을 치는데, 역시 이상하게 아무런 힘도 들지 않았다. 이상했다. '오늘따라 몸이 가볍네.' 하는 수준이 아니었다. 세경은 갸우뚱하다가 중량을 100킬로그램으로 올렸다. 그래도 그냥 장난치는 것 같았다. 이번엔 가장 아래의 200킬로그램으로 고정하고 들어올렸다. 남자 트레이너도 이 정도는 기합을 내질러야 한다. 그런데 세경은 전혀 힘들지 않게 손가락 두 개만 걸치고 쓰윽 들어올렸다.

덩치가 엄청난 보디빌더가 다가왔다.

"거 중량 제대로 치시는데요? 엄청나세요. 저랑 대결 한번 해보실래요?"

세경이 당황했다.

"저요? 대결요? 에이…. 그래도 벤치프레스를 마침 하려던 중이긴 한데요."

"제 친구들이 도와줄 거예요. 한번 해봅시다."

헬스를 하던 덩치 큰 남자들이 세경과 보디빌더를 둘러쌌다. 50킬로그램에서 시작해 100킬로그램 그리고 150킬로그램까지, 세경과 보디빌더는 누가 더 오래 들고 있는지 내기를 했다.

세경이 힘들지 않게 들고 있다가 문득 옆자리를 보니 그는 꽤 힘들어하고 있었다. 2분이 지날 무렵 보디빌더가 포기했다. 세경이 이겼다. 남자들이 큰소리로 환호를 하면서 박수를 쳐주었다.

보디빌더는 정중하게 세경에게 축하를 해주고 명함을 내밀었다.

"이번에 선수권대회 준비하고 있는데 관심 있으신가요? 저희가 팀을 꾸리고 있거든요."

세경은 활짝 웃었다.

"팀 닥터를 구하는 거면 연락주세요, 후후."

세경은 고개를 갸웃하면서 헬스클럽을 나왔다.

뭔가 이상한 일이 벌어지고 있다. 대체 뱀파이어의 능력은 어디까지인 걸까?

초인적 힘의 정체는
바로

　다인은 보이스피싱 범죄자와 만날 약속을 했다는 신고를 듣고 선배 형사와 함께 출동했다. 조직폭력이 개입된 증거가 있어 강력계에 사건이 넘어왔다. 다인은 선배 김 형사와 함께 차에서 잠복 중이었다. 보이스피싱 용의자는 20대의 남자로, 마스크를 쓰고 운동모자를 눌러쓰고 약속장소인 현금입출금기 앞에서 누군가를 기다리고 있었다.

　잠시 후, 다인과 미리 약속한 신고자가 나왔다. 용의자는 그에게 다가가 말을 걸었다.

　"이 사장님?"

　"아, 네 맞습니다. 금감원 직원이세요?"

　"네, 돈을 안전한 데 예치하시는 게 좋을 것 같아서 직접 도와드리러 나왔습니다."

"제가 일단 돈을 인출해서 드릴게요."

신고자가 입출금기로 다가가고, 용의자가 주변을 두리번거리며 살폈다. 그가 돈을 찾아서 건네려 하는 찰나, 다인이 다가갔다.

"안녕하세요. 저는 이 사장님과 아는 지인인데, 금감원 직원이라고 하셔서요. 신분증 볼 수 있을까요?"

남자는 눈을 굴리다가 눈치를 채고, 다인을 와락 밀치고 도망쳤다. 김 형사가 뒤에 숨어 살피다 뛰쳐나왔다.

"주 형사, 괜찮아?"

다인은 김 형사의 내미는 손을 잡아 일어나면서 반동으로 몸을 날렸다.

다인은 빠른 속도로 달려나갔다. 엄청난 가속이 붙었다. 포니테일 머리가 하늘로 날아오르면서 다인은 폭발적 힘으로 용의자를 따라잡았다. 다인은 그가 담벼락을 올라타는 걸 그대로 덮쳐 잡아챘다. 엄청난 점프력과 힘이었다.

용의자가 굴러 넘어지면서 놀란 얼굴로 다인을 보았다.

"너 뭐야? 사람 맞아?"

그가 일어나서 다인에게 주먹을 날렸다. 다인은 피하면서 주먹을 손바닥으로 잡아채서 용의자를 그대로 밀어버렸다. 그는 뒤로 나동그라져 버렸다. 다인은 그대로 용의자의 몸을 무릎으로 눌러 제압한 뒤 수갑을 채웠다. 김 형사가 뒤늦게 달려와 학학대면서 말했다.

"헉헉, 어떻게 그렇게 빨라? 주 형사, 괜찮아? 안 다쳤어?"

"전혀요. 신고하신 분은요?"

"일단 돈은 다시 은행에 넣었어. 경찰서 가서 진술할 거야. 가자고. 근데 주 형사, 아프기 전보다 더 날아다니네? 요새 병원 밥 많이 좋아졌나 봐?"

다인과 김 형사는 남자와 같이 경찰차에 올랐다.

다인은 두 주먹을 살폈다. 이상했다. 주먹의 뼈들이 울근불근한 것이 엄청났다. 자기 손이 아닌 것 같았다. 다인은 듀이 병원에서 나오고 나서, 이상한 상태가 지속되었다. 밤에 잠을 못 이루고, 무언가 갈구하는 듯한 느낌이 들고 아까 범인을 제압할 때 예전과 다른 엄청난 악력이 생겨 손쉽게 제압이 가능했다.

'대체 뭐지?'

다인은 걱정이 되었다. 치료 후의 부작용이 아닐까 싶었다. 아니라면 이것은 바로 뱀파이어의 성질이 발현되는 것인가 싶었다. 다인은 두려웠다. 뱀파이어의 삶을 견딜 수 있을까? 인간으로 되돌아갈 방법은 없는 걸까? 되돌아간다면, 다시 암에 걸리는 걸까?

다인은 이도 저도 할 수 없는 현실에서 두려움이 물밀듯 밀려왔다. 세경, 다미를 만나서 상의를 해야 했다.

그러는 한편 다인은 듀이 병원에 가기 전 담당했던 소홍연의 사건에 다시 투입됐다. 소홍연이 포털 카페에서 아이디 '다다익선'과 교류를 한 것을 다시 파기 시작했다. 다다익선을 캐면서 그에게 쪽지를 보내 만나자고 했지만 연락이 없었다. 다인은 이번에는 카페에서 가장 활발하게 활동을 하는 부매니저 아이디 '새로나음'에 집중했다.

어떤 글에 다다익선과 소홍연, 새로나음이 모두 같이 댓글을 달고 격려하기도 했다. 다인은 새로나음에게 암 관련해 여러 물을 게 있다고 하면서 만날 것을 청했다. 며칠 후 새로나음에게서 메시지가 왔다.

– 새로 입회한 회원분들은 제가 관리 차원에서 암 투병에 필요한 것들을 알려드리거든요. 필요하시면 오프에서 만나 이것저것 말씀드릴 수도 있는데, 제가 있는 지역은 강동구이니 참고하세요. 예를 들어 이런 거예요. 항암할 때는 레몬맛 사탕을 준비해가면 좀 더 쉽게 주사제를 받을 수 있어요. 그리고 항암을 하면 입안이 헐고 손발톱이 깨질 수 있으니, 립밤이나 구내염 치료제, 손발톱 보호제를 먼저 준비해두세요.

다인이 곧바로 답을 보냈다.

– 새로나음 부매니저님, 정말 고맙습니다. 제가 식사 대접이라도 해드리고 싶어요. 그리고 오프에서 말씀 더 들을 수 있을까요? 제가 다니는 회사도 강동구에 있어요.

경찰들은 경찰서를 회사라고 부르기도 한다. 그러니 거짓말은 아닌 셈이다.

새로나음과 다인은 주말에 약속을 잡았다.

하지만 그는 약속시간 직전에 약속을 미루자고 하고 대화를 끝냈다. 다인은 약속장소에 미리 나와 살피려고 하던 중이었다. 다인은 카페에서 일어나 집으로 가려고 주차장으로 내려갔다. 뭔가 기분이 싸했다. 다인은 어두운 주차장 구석을 살폈다.

다인은 고개를 갸웃하면서 차에 올라타는데 갑자기 뒷좌석에서 복면을 쓴 괴한이 다인의 목을 감싸쥐고 졸랐다.

"으아아, 뭐야!"

다인은 즉시 괴한의 팔을 뿌리치려 했으나 그 힘이 대단했다. 다인이 뱀파이어가 되면서 얻게 된 육감이 발동했다. 인간보다 센 존재다. 다인을 이기는 괴력을 지녔다.

다인은 목이 졸린 채로 간신히 시동을 걸어서 차를 출발시켰다. 다아아아아아! 빠른 속력으로 주차장으로 나가서 도로로 질주하다가 갑자기 차를 방향을 틀어서 경계석을 들이받았다. 쾅 소리와 함께 뒷좌석의 괴한이 창문을 뚫고 빠져나갔다. 그러더니 가볍게 공중으로 치솟아올랐다.

다인이 차에서 내려 주변을 살폈지만 괴한은 사라져버렸다.

고블린 모드

　다인은 퇴근 후에 세경, 주미와 만났다. 현재 겪고 있는 상황을 서로 말하고 대책을 모색하고자 했다.

　각자 무언가 비린 게 당기고, 힘이 강하게 올라오고 점프를 높게 하는 등 비슷한 점이 많았다. 그리고 활력이 일어남과 동시에 무언가 해치고 싶은 욕망이나 본능이 강하게 일어난다는 점도 비슷했다. 다인은 최근에 겪은 주차장에서의 사건을 말해주었다.

　주미가 심각한 표정으로 말했다.

　"듀이 박사 말대로 우리가 뱀파이어 순혈족의 도움으로 난치질환을 고치고 뱀파이어로서 다시 태어난 거라면 준비해야 해. 하이브리드족들이 우리를 납치해 실험 대상으로 삼을지 모르니까."

　주미의 말에 세경이 물었다.

　"어떡해야 하는데?"

"우리가 지금 일상복 현대 의상으로는 무기를 휴대할 벨트도 없잖아. 새로운 옷을 만들어야지. 히어로처럼 말이야. 그런데 나는 우리의 유니폼으로 고블린 모드가 어울리는 것 같아."

"고블린 모드? 그게 뭔데?"

주미의 말에 다인이 물었다.

"왜, 유럽 전설의 요괴 고블린처럼 제멋대로 하고 사회적 규범을 거부하는 우리 MZ 세대의 분위기를 담은 걸 '고블린 모드'라고 하는데, 그처럼 고블린 요괴의 옷을 차용하는 거야."

"으흠. 그러니까 이런 거 말이지?"

세경은 고블린 모드를 검색해서 나오는 이미지를 보여주었다. 머리에 뿔이 달린 요괴의 모습도 보이고, 창을 들고 서 있는 도깨비 같은 모습도 있었다. 몸에 딱 붙는 의상을 입은 게 공통적이었다.

"그래, 그렇지. 잘 봐봐. 이렇게 몸에 붙고 여기 허리나 가슴에는 무기를 달 수 있는 벨트를 차고 다리에는 부츠를 신어서 발목을 보호하고 말이야. 내가 워낙 게임이나 판타지 소설을 좋아하는데 우리도 그 분위기에 편승하자고. 실용적 목적으로라도 말이야."

다인과 세경은 고개를 끄덕이면서 동조했다.

동대문 옷 상가. 남녀노소가 입는 여러 가지 다양한 색깔과 디자인의 옷들이 진열돼 있었다. 주미는 상가 골목을 헤집고 다녔다.

"주미야, 대체 어디를 가는 거야?"

세경이 다그쳤다.

"따라오기나 해."

상가 구석 수선집에 도착하니, 그곳 행거에는 갖가지 코스프레 의상이 걸려 있었다. 중년의 곱게 단장한 남자가 옷을 재봉질하고 있다.

"삼촌, 전화로 말씀드린 물건 왔어요?"

"아, 오주미. 어서 와. 이번에는 고블린 코스프레인 거야?"

남자는 간드러지는 목소리로 번들거리는 가죽 옷감과 갖가지 부자재들을 꺼냈다. 다인은 옷감을 들어 살폈다.

"여기는 같이 코스프레 할 친구들이요."

"그럼 오늘 다 사이즈를 재자. 그리고 디자인은 이 중에 골라."

다인은 남자가 건네는 스케치북을 보았다. 가죽으로 만들어진 딱 붙는 바지에 부츠, 그리고 상의는 하얀색의 셔츠에 서스펜더를 차고 도끼나 메이스나 쌍검 등의 무기를 꽂는 가죽 벨트가 있었다.

"정말 제대로 그리셨네요, 삼촌."

"코스프레의 달인 오주미가 인정해주니 고마운걸?"

세경이 환하게 웃었다.

"정말 멋지네요. 이런 날이 올 줄 알고 그간 몸을 만든 건가 싶어요. 잘 재주세요."

그녀들은 옷 사이즈를 재고 디자인을 검토하고 나서 수선집을 나왔다. 주미는 시장을 나와 골목으로 다인과 세경을 안내했다.

"이 안쪽에는 오래도록 대장간을 운영하시는 분이 계셔. 학교에서 운동회 관련해서 시설물 만들 때 알게 된 곳이야. 여기 이쯤 어디인데…."

주미는 헤매다가 골목 안 깊숙한 데 있는 대장간을 찾아냈다. 안으로 들어가 보니 칼과 도끼, 낫이나 호미가 벽에 걸려 있고 냄비나 솥 등이 놓여 있었다.

"사장님, 안녕하세요."

"아구, 이게 얼마만이에요, 선생님."

"주문 좀 하려고요. 저희들이 전원주택에 귀농해서 농사일에 쓸 거라서 주문 제작 하려고요."

다인, 세경, 주미는 각자 카탈로그를 보고 칼과 도끼나 새총 슬링이나 철퇴를 주문했다. 사장님에게는 숲속 한가운데 들어가게 되어서 긴 풀도 자르고, 장작도 패고, 멧돼지 같은 짐승에 대비하려고 한다고 둘러댔다.

주문을 마치고 대장간을 나와 시장 근처의 밥집에서 백반을 먹었다. 다인은 소주 한 병을 시켰다.

"나 그간 술 한 모금 못했어. 알잖아. 유방암 환자는 술이 금지야."

세경이 고개를 저었다.

"그래도 조심해야지. 우리가 완치됐다고 하지만. 나 사실 나랑 같이 대학병원서 진료 보던 환자분 돌아가셨다고 연락받았어. 진료 대기실에서 말 걸어오셔서 친해지고 그랬거든. 암 환자 협회 일도 하시는 분이었는데…. 정말 놀랐어. 인턴으로 일할 때 돌아가시는 분들 종종 뵙고 했는데, 나랑 같이 진료받던 분이 돌아가시다니 충격이었어."

주미도 고개를 끄덕였다.

"예전 다니던 학교 선생님 한 분도 파상풍으로 예기치 않게 가셨는데, 그때 나도 놀랐지. 그런데 내가 암을 진단을 받으니 그건 또 다른 충격이었어. 더 큰 충격."

다인도 고개를 끄덕였다. 지구대에 있을 때는 고독사로 돌아가신 분의 현장을 수습하기도 했다. 어질러진 집도 있고, 단정한 집도 있었다. 죽음의 장소는 모두 달랐다. 어떤 작가는 이제 1인 가구가 많으니 고독사가 아니라 자연사라고 단어를 바꾸어야 한다는 칼럼을 쓰기도 했다. 다인은 인간은 누구나 죽으니 두렵지 않다고 여겼었다.

하지만 달랐다. 자신에게 찾아온 죽음의 그림자는 부모님이 아프셔서 병원 진료를 받을 때와 달랐다. 부모님의 진료 차트를 들여다보지는 않았지만, 자신의 진료 차트와 조직 검사지를 논문과 전문자료를 검색엔진 여러 곳을 찾아다니며 여러 번 읽었다. 매일 검색하고 또 찾아보고 여러 SNS와 전문사이트를 샅샅이 검색하면서 암에 좋은 음식과 생활 습관, 그리고 환자들의 일상을 들여다보았다.

죽는다는 것, 죽음은 젊음에 어울리지 않는 단어 같았다. 나와는 상관없는 거라 착각하고 살았다. 죽음을 모르고 살아서인지, 죽음을 마주하자 공포로 다가왔다. 그리고 삶이 더 빛나기 시작했다. 만약 죽지 않는다면, 우리는 무엇을 위해 살아야 하는 걸까.

그간 듀이 병원에서 치료를 받고 완치하고 뱀파이어가 되고 일상으로 돌아왔고 지금은 무기를 장착할 옷을 맞추고 있지만 다시 죽을 수도 있는 날이 온다. 40년 후, 30년 후, 10년 후 아니면 2년 후나 1년 후 그것도 아니면 한 달 후 아니면 내일. 죽음은 언제 오는지 그 누구도 결코 모른다. 그건 확실하다.

하지만 지금은 뱀파이어, 새로 사는 인생은 영원할 수 있을까?

"다인아, 무슨 생각을 그리 골똘히 하는 거야? 어서 해물파전 먹어 봐. 엄청 고소하고 바삭하네."

세경은 다인에게 파전 조각을 집어 입에 넣어주었다.

맛있다. 삶은 이런 거구나. 생명력이라는 것은 바로 오감이 반응을 하는 것이라는 것을 느꼈다. 주미가 장난스레 말했다.

"우리도 히어로들처럼 이름을 짓자. 듀이가 지어준 것처럼 '뱀파이어 암 환자단' 어때?"

세경은 고개를 저었다.

"아니, 다인이처럼 사건을 조사하는 수사관이 너무 멋져. '뱀파이어 탐정단'으로 하자. 나 추리소설 진짜 좋아했거든. 의사나 헬스 트레이너 안 됐으면 무조건 사설 탐정이야."

"좋았어. 뱀파이어 탐정단! 다인이 생각은?"

"나도 오케이."

"그럼 탐정단 결성을 축하하는 의미로 딱 한 잔씩 하자."

그들은 소주잔을 들고 건배를 했다.

"자, 청바지~ 청춘은 바로 지금! 탐정단의 환한 미래를 위하여!"

아파트에서 나는
괴이한 소음

주미는 어제도 아파트 외벽에서 들리는 물이 쏟아지는 콰르르 소음에 잠을 이루지 못했다.

주미의 부모님이 귀농하셔서 평소에는 주미 혼자서 산다. 20년 된 아파트는 외벽도 칠이 벗겨지고 여기저기 집 안에도 마루가 까지는 등 수리할 곳이 많았다.

위층에서 층간 소음은 심하지 않지만, 이상하게 요 몇 주 사이 새벽에 침실 벽 쪽에서 계속 소음이 심하게 났다. 주미가 사는 10호 라인은 아파트 가장 외벽으로 벽 바깥에는 쓰레기 수거함이 있었다. 주미는 오늘도 새벽에 일어나 오전에 아파트 관리사무소를 찾아가리라 마음을 먹었다. 오늘은 학교 개교기념일이라 마침 쉬는 날이었다.

주미는 오전에 건너편 동의 1층에 위치한 관리사무소를 찾아갔다. 노크를 하니 "들어오세요" 하는 소리가 안에서 나왔다. 문을 열고 들어갔다.

"안녕하십니까? 관리사무소장 오종군입니다. 무슨 일이시죠?"

관리소장은 앞머리를 모두 뒤로 넘긴 올백 스타일로, 40대 정도 되어 보였다. 키가 크고 마른 체구에 얼굴은 반들반들하고 윤기가 났는데, 눈웃음이 흘러넘치면서 말하는 스타일이었다. 주미는 인사를 했다.

"안녕하세요. 저는 옆동 11층 주민인데요. 소음이 심해서요. 새벽마다 물이 쏟아지는 소리가 요란하게 들려요."

"아, 그 소음 말씀이시죠? 그건 그쪽 10호 라인 외벽 옥상에 저수조가 있는데, 거기서 물이 파이프를 타고 각 세대로 흘러 들어가는 곳이 좁아지면서 병목 현상처럼 소음이 심하게 납니다."

"그런가요? 그런데 최근 며칠 동안 더 심한 소음이 나는 것 같아서요."

"아하, 걱정하지 마세요. 요새 저수조 청소를 외주업체가 하고 있어서요. 곧 끝납니다. 주민들의 편의를 위해 밤이나 새벽에 하고 있습니다."

"네, 알겠습니다."

주미는 소장의 책상 뒤 창가 놓인 화분에 시선을 주었다.

"어머나, 저거 희귀식물 맞죠? 제가 과학교사라 좀 알거든요. 원숭이 난초잖아요. 어떻게 구하신 거예요? 구하기가 힘드셨을 텐데요."

관리소장은 큼큼 헛기침하면서 진지하게 말했다.

"지금부터 관리비를 정산해야 해서요. 하실 말씀이 끝났으면 돌아가주시죠."

"네, 소장님."

주미는 고개를 갸웃하면서 관리사무소를 나왔다.

다인은 소홍연 피살사건을 비롯해 최근에 실종된 여성들 사건을 연계해 조사 중이었다. 실종된 두 여성이 같은 종합병원에서 치료받았다는 걸 확인하고 병원에 들러 원무과에서 관련 서류를 떼고 있었다. 두 여성은 난치질환으로 치료받던 중이었다.

다인이 병원 커피숍에 앉아서 따뜻한 차를 마시면서 서류를 훑어보는데 그 앞에 누군가 앉았다. 고개를 들어 쳐다본 다인은 그만 얼어붙었다. 눈처럼 하얀 피부, 이마를 덮는 갈색 머리카락, 깊은 눈빛이 여전한 듀이 박사였다.

"박사님…."

듀이는 답 대신 잔잔한 미소를 띠었다. 뱀파이어는 감정의 기복이 없다. 그만큼 자신과 만난 게 정말 즐거워서 짓는 미소인 것이다.

"우연이라고 보기에는 너무 필연 같군."

"전 수사 관련해 이 병원에 방문했어요."

"같은 이유일 것 같군. 최근에 하이브리드족들이 여기 병원에서 치료받는 환자들 대상으로 개인정보를 파악해 흉계를 꾸민다는 정황이 있어서 방문했어."

다인은 더 대화를 나누고 싶었지만 듀이는 일어났다. 하얀색 니

트와 검은 재킷에 면팬츠가 캐주얼한 분위기로 보이게 했다. 듀이
는 성큼 걸어서 병원 정문으로 나갔다.

다인은 병원 뒤 주차장에서 차를 빼서 나가는데 듀이가 정문 근
처에 멈춰 서서 자신을 지켜보는 걸 보았다. 시선이 마주치자 그는
뒤돌아 사람들 사이로 사라져갔다.

다인, 세경, 주미는 이탈리안 레스토랑에서 만났다. 뱀파이어 탐
정단은 레어로 거의 익히지 않은 스테이크를 먹으면서 직장에서 받
은 스트레스를 풀었다.

"사실은 내가 먼저 듀이 박사에게 연락했어, 도저히 생고기나 피
에 대한 갈망을 멈출 수 없어서 말이야."

세경은 목소리를 낮추어 말했다.

"정말 피가 먹고 싶어 미치겠는데 어떻게 해? 그렇다고 선지같
이 오래된 피를 먹을 수는 없잖아."

주미가 눈을 둥그렇게 떴다.

"그래서 어떻게 됐는데?"

"그런데 듀이 박사에게서 연락이 왔어. 이 명함을 사진으로 찍어
보내면서 연락을 해보라는 거야."

세경이 내미는 명함에는 연락처와 함께 '신선푸드 배송업체'라고
적혀 있었다. 세경은 목소리를 더더욱 낮추었다.

"나 사실 여기 업체 연락해서 신선한 피를 녹즙처럼 배달받아서
매일 조금씩 마셔. 그러니까 온몸에 힘이 나고 그래. 그걸 병원에
서 마시고 있으면 동료들이 뭔가 묻는데 그냥 비트 주스라고 거짓

말 해."

주미가 샐쭉했다.

"지금 말해주면 어떻게 해. 나 정말 빈혈 걸린 것처럼 어지럽고 죽는 줄 알았다니까. 갑자기 솟던 힘이 사라지고 몸이 고꾸라지듯이 쓰러질 것 같다니까. 당장 전화해봐야겠다."

세경은 스테이크를 크게 썰어서 한입에 넣었다.

"으흠, 정말 맛있다."

다인은 진지한 얼굴로 말했다.

"우리 경찰서 관내에서 여성 실종자들이 두 명 나왔어. 처음에는 가출로 파악하고 수사를 집중하지 않았는데 실종이 길어지고 있어서 전격적으로 수사하는 중이야."

주미가 물었다.

"연령대나 직업이 어떻게 돼?"

"20대 직장 여성들인데 평범한 직장인들이야. 그런데 둘 다 난치 질환으로 같은 병원에서 치료받은 적이 있어."

주미가 놀라서 되물었다.

"우리도 그런 환자들이었잖아."

다인이 고개를 끄덕였다.

"듀이 박사를 최근에 우연히 만났어. 그가 우리를 낫게 해준 것도 의도가 있듯이, 하이브리드족들도 병원에서 치료받는 환자들을 만나서 흉계를 꾸미는 정황이 있다는 거야."

주미는 조심스레 말했다.

"저어기, 실종자들이 혹시 납치돼 죽임을 당했을 수도 있을까?"

"응? 무슨 말이야?"

"저, 사실… 우리 아파트 위층에서 층간 소음이 심한데…. 그게 물소리 같은 게 심해…."

"그런데?"

"왜 유영철 같은 연쇄살인범 집에서 물소리가 엄청나게 심했다는 건 사실이잖아."

"설마?"

"주미야, 네가 사는 아파트 어디야?"

"○○○ 아파트."

"어! 실종자 중 한 명이 그 아파트에 살아. 그리고 내가 맡은 살인사건 피해자 소홍연 씨도 그 아파트 근처 빌라에 살았어."

세경과 주미는 놀란 얼굴을 했다.

"그럼 다인아, 혹시…."

"오늘 너네 집에 가보자."

주미는 고개를 끄덕이면서 말했다.

"올 때 저번에 맞춘 히어로 유니폼 입고 와. 무기도 가져오고. 어쩌면 무슨 일이 있을지도 모르잖아. 만약 하이브리드족들이 꾸미는 일이라면 우리도 만반의 준비를 해야 해."

다인과 세경은 눈빛을 맞추면서 고개를 끄덕였다.

"걱정 마. 나는 헬스클럽에서 가장 무거운 중량을 칠 정도의 힘이 생겼어."

다인은 고개를 저었다.

"아니, 우리는 아직 뱀파이어나 하이브리드족과 직접 싸운 적이 없어. 그들의 능력을 모르고 있다는 건 약점이야. 최대한 방어가 될 만한 옷으로 입고 무기도 챙기는 게 맞아. 몇 시에 소음이 들린다고?"

다인은 주미와 즉시 약속을 잡았다. 그날 밤 다인과 세경은 주미의 아파트에 조용히 도착했다. 주미는 안방 침실로 들어온 다인과 세경에게 조용히 하란 신호를 보냈다. 아무런 소음도 들려오지 않았다. 세경이 고개를 갸웃했다.

"이상한데? 지금은 조용해. 와, 근데 이 큰집서 혼자 사는 거야?"

"부모님은 귀농하셔서 가끔 서울집에 들르셔."

"그렇구나."

"쉬잇!"

다인이 입가에 손을 가져가 댔다. 천장에서 우르르릉 하는 물소리가 들렸다. 쿵쿵 하는 소리도 들렸다. 주미가 손짓했다.

"저쪽에서 들려. 매번 이 시간이야."

다인은 침실 벽에 귀를 댔다. 물소리가 흘러내려가는 쏴쏴 하는 소리가 요란했다.

"관리소장 말로는 옥상에 저수조가 있는데, 거기서 물이 파이프를 타고 각 세대로 흘러 들어가는 곳이 좁아지면서 소음이 난대. 최근에는 밤에 청소해서 그렇다고 하긴 했는데, 아무래도 미심쩍어서."

다인이 말했다.

"이 밤에 주기적으로 소음이 나는 것은 수상해. 옥상의 저수조를 확인해보자."

"따라와."

세경과 다인은 주미를 따라 아파트를 나섰다. 세경이 나서기 전에 보스턴백에 넣어온 무기를 꺼내서 들었다. 다인도 주미도 각자 무기를 옷 속에 숨겼다.

한밤의 엘리베이터는 누가 손을 썼는지 멈춰 있었다. 다인은 옥상으로 달려 올라갔다. 뱀파이어의 체력뿐 아니라 여태 체력훈련을 게을리하지 않아 꼭대기까지 1분 내로 올라갈 수 있었다. 계단 네 개를 한 번에 뛰기도 했다. 주미와 세경이 재빠르게 뒤따랐다.

"쉬잇! 조용히. 발걸음 소리 멈춰봐."

다인은 옥상으로 향하는 문이 열려 있는 걸 보고 품에서 권총을 빼 들고 문을 밀어 조심스레 나갔다. 옥상에 놓인 대형 저수조에 괴한 여럿이 둘러 서 있었다. 그들은 사람으로 보이는 형상을 저수조 안에 밀어넣으려 하고 있었다. 다인이 괴한들을 향해 권총을 겨누고 외쳤다.

"꼼짝 마! 하던 짓들 멈춰!"

검은 두건과 연결된 망토를 입은 괴한들이 다인, 세경, 주미를 에워쌌다. 그녀들은 몸에 걸친 외투를 벗었다. 날렵한 맞춤 의상이 드러났다. 아마존 여전사 같은 위용을 보였다.

다인은 총을 겨누어 괴한들에게 발사했다. 탕! 탕! 탕! 괴한들은 두건 자락을 휘날리면서 공중으로 높이 날아올랐다. 덩치가 큰 괴한이 다인에게 덤벼들었다. 괴한은 다인의 손을 탁 치면서 권총을 떨어뜨렸다. 보통 힘이 아니다. 이들은 직감적으로 뱀파이어가 맞다는 확신이 들었다.

괴한이 다인에게 덤벼들었다. 다인은 덩치 괴한을 그대로 멱살을 붙잡고 들어서 던져버렸다. 그리고 배낭에서 쌍검을 빼들었다. 대장간에 특별 주문해서 직접 제련해 만든 강철검이다. 그간 듀이에게 자료를 받아서 연구한 바에 의하면 뱀파이어의 목을 단번에 치면 그들을 죽일 수 있다. 다인은 두 개의 검을 양손에 붙잡았다. 세경은 메이스(철퇴)를 들고서 빙그르르 공중에서 회전했다. 주미는 숄더백에서 도끼를 들고 목에는 슬링(새총)을 걸었다. 슬링에 쓰이는 탄환은 특별하게 뱀파이어들을 죽음에 이르게 하는 은으로 만들었다.

"으이햐하하합!"

다인이 기합을 외치면서 공격하는 괴한에게 쌍검을 날렸다. 두건이 벗겨지면서 뱀파이어의 얼굴이 드러났다. 입가에 흐르는 침과 눈에 가득한 핏기와 긴 송곳니, 그리고 백지 같은 하얀 피부의 뱀파이어는 무자비하게 다인에게 달려들었다.

세경은 메이스를 들어서 다른 뱀파이어의 머리를 후려쳤다. 뱀파이어가 뒤로 넘어졌다. 이때 세경의 뒤로 달려드는 뱀파이어에게 주미가 슬링을 들고 은탄환을 날렸다. 탄환이 뱀파이어의 가슴을 관통하면서 뒤에 있던 다른 뱀파이어의 몸을 꿰뚫었다.

다인은 쌍검을 들어 공중에 솟구쳐 오르는 뱀파이어의 뒤를 쫓아가 목을 치고 가슴에 꽂았다.

뱀파이어들이 모두 죽었다. 다인은 천천히 휴대전화를 들어 전화를 걸었다.

"듀이 박사, 여기 ○○○ 아파트 옥상이에요. 주소지는 보내드릴게요. 처리반을 불러주세요."

듀이는 그간 뱀파이어를 없애는 법을 일러주었다. 그뿐 아니라 뱀파이어와의 격투 끝에는 인간 세상에서 혼란스럽지 않게 뱀파이어 시신을 특별 처리반이 처리하게 해야 한다고 신신당부를 했다.

1시간 후 헬리콥터가 요란한 소리를 내면서 옥상에 접근했다. 헬리콥터에서 옥상으로 로프를 내렸다. 로프를 타고 온몸에 의료진 방호복을 입은 체구가 작은 사람들이 세 명 내렸다. 처리반은 마스크를 쓰고 고글을 착용해 얼굴이 보이지 않았다. 처리반은 뱀파이어들 시신을 헬리콥터에서 내리는 로프에 묶어 올려보냈다. 그러고 나서 청소도구와 락스와 세정제를 이용해 옥상 곳곳을 꼼꼼하게 청소했다.

다인은 세경, 주미와 함께 뱀파이어들이 저수조에 넣으려던 시신을 수습하고, 즉시 휴대전화에 저장된 사진을 꺼내서 비교했다.

"두 명 다 실종자 여성이 맞아. 대체 왜 여기서 무엇을 꾸미려던 거지?"

처리반이 가고 나서 다인은 휴대전화를 들어 신고하려는데 옥상 문이 열리면서 작업복을 입은 한 남자가 나타났다. 남자는 플래시를 탐정단에게 비추었다.

"아니, 당신들 누구요. 이 밤에 왜 여기 옥상에 있어요?"

다인이 나섰다.

"강동경찰서 주다인 형사입니다. 이곳에 실종된 여성 시신이 유기되었다는 첩보를 접하고 수사하러 왔습니다. 협조 부탁드립니다."

주미가 반기면서 그 남자에게 다가갔다.

"관리소장님, 저 입주자예요. 기억하시죠? 왜 저번에 제가 민원 넣었잖아요."

관리소장은 모자 아래 드러난 귀밑 흰머리를 뒤로 넘기면서 고개를 끄덕였다.

"아암, 기억하고말고."

관리소장이 갑자기 플래시를 환하게 탐정단 얼굴로 비추면서 주머니에 손을 넣었다. 이때 주미가 외쳤다.

"모두 뒤로 물러나!"

관리소장은 주머니에서 수류탄을 빼서 탐정단을 향해 던지려고 했다.

"소장님, 그거 바닥에 놓으세요!"

주미가 외치자 관리소장이 수류탄의 안전핀을 빼서 다인의 발치에 던졌다. 세경은 재빠르게 수류탄을 들어서 그대로 저수조 안에 넣었다. 콰쾅! 하는 소리가 들리면서 저수조 안에서 수류탄이 폭발하면서 물이 터져 나왔다. 다인은 도망가려는 관리소장을 잡아서 그대로 수갑을 채웠다.

"당신을 실종자 시신 유기 사건과 관련해 체포합니다. 묵비권을 행사할 수 있고 변호사를 선임할 권리가 있습니다."

잠시 후 아파트 옥상에 다인의 선배 형사들이 도착하고 과학수사대가 와서 증거를 수집했다. 관리소장은 경찰서로 임의동행을 해 수사를 했지만 그는 입을 다물었다.

새벽, 관리소장은 경찰서 유치장에서 죽은 채로 발견되었다. 외상은 없어 부검한다고 했는데 검시관 말로는 심장마비가 의심된다고 했다. 다인은 심각한 얼굴로 경찰서를 나와 주미가 사는 아파트로 찾아갔다. 늦잠을 자다 일어난 주미는 홍차를 내려 다인에게 건넸다.

"관리소장님이 진술은 해? 수류탄을 어디서 구한 거야? 하이브리드들이 무기를 가지고 있다면 이건 우리 힘으로 이길 수 없어."

"입을 다물고 죽었어. 심장마비로 의심된다는 데 유치장에 잠입한 누군가에 의해 죽었을 수도 있어. 연고가 없어 부검 후 화장을 하게 된다는데, 아무래도 모든 게 의심스러워."

"히익, 다인아. 만약 뱀파이어가 다시 살아난다면 부검의도 위험할 수 있어."

다인은 차를 한 모금 마시고 고개를 끄덕였다.

"듀이 박사가 처리반을 보낸다니까 관리소장이 뱀파이어인지 아닌지, 그리고 사망 여부를 판단하고 해결할 거야. 그런데 주미야. 너 아파트 관리소장이 하이브리드 편인 것을 어떻게 안 거야? 분명히 옥상에서 네가 먼저 위험하다고 우리에게 주의를 줬어."

주미는 살짝 고개를 끄덕였다.

"층간 소음 민원을 넣으려고 관리사무소로 찾아간 적이 있었어. 관리소장이 키우는 원숭이 난을 보고 뭔가 기분이 묘했어."

"원숭이 난?"

"응, 그 난초는 학명이 드라큐라로 시작해. 에콰도르산 난초이고 원숭이 얼굴을 닮아서 그렇게 불리지. 내가 과학 선생님인 거 알지?"

주미가 검색해 사진을 보여주었다. 다인이 말했다.

"진짜 원숭이 얼굴 같다. 그런데 왜 드라큘라 이름이 붙었어?"

"시큼한 오렌지향으로 파리 등 각종 벌레를 유인해 덥석 잡아먹지. 게다가 꽃잎이 드라큘라 송곳니처럼 뾰족해 그렇게 불린다는 설도 있어. 그렇게 구하기 어려운 걸 수입해 키우는 사람은 독특하다는 생각만 해봤는데, 뭔가 수상쩍었던 여러 가지 이유를 합치니 결국 뱀파이어 쪽이라는 결론이 나왔어. 게다가 그 밤에 집에도 안 가고 왜 옥상에 올라온 거야."

"그렇구나. 네 덕분에 우리가 다치지 않았어."

주미는 고개를 주억거렸다.

"그리고 사실, 복도마다 청소하시는 아주머니께 결정적 단서를 들었어."

"응?"

"집집마다 청소를 하시니, 여러 소문도 아시고 문을 통해 들리는 소리를 자동적으로 듣게 되잖아. 그런데 우리 라인에서 나는 소음을 다른 아주머니한테 말씀하는 걸 내가 들었어. 나뿐 아니라 여러 집에서 밤마다 소음이 난다고 민원이 들어왔대. 그런데 우리 윗집 12층 10호에서 낮에도 물 쓰는 소리가 오래도록 나고 요란하게 차려입은 기기묘묘하게 생긴 사람들이 들락날락한다는 거야."

"기기묘묘하게 생긴 사람들?"

"응, 난 그 말에서 화려하게 꾸미고 클럽을 좋아하는 다키니를 연상했어. 다키니와 어울리며 공생하는 하이브리드들도 그럴 확률이 높지."

다인은 굳은 표정으로 고개를 끄덕였다. 주미는 심각한 얼굴로 말을 이어나갔다.

"내가 사는 아파트에서 뱀파이어들이 살고 있다니…. 지금 인간들의 세계는 언제 그들에게 잠식당할지 모르는 형편이야. 인간을 어딘가에 이용하고 그 시신을 태연하게 자신이 관리하는 아파트 저수조에 유기하려고 한다니 말이야."

다인은 찻잔을 내려놓으면서 일어났다.

"그렇게 되기 전에 막아야지. 무슨 일이 있어도."

주미와 다인은 굳은 결심이 담긴 눈으로 서로를 보았다.

인플루언서 살인사건

노인질병학과 교수 오동주는 건강 관련 프로그램에 나와서 아나운서와 대담을 하는 중이었다.

"오 교수님, 늘 여전하십니다. 요즘 어떻게 지내세요?"

백발을 가르마를 타서 넘긴 오 교수는 단정한 슈트에 명품 넥타이를 맸다.

"의대 교수직은 퇴직했지만, 노인의 질병 관련한 책 3권을 집필할 준비를 하고 있습니다."

"정말 그 연세에 대단하세요. 오늘 저희 프로그램에 나오신 김에 늙어간다는 것, 나이 든다는 것을 의학적으로 말씀해주시겠어요? 질병은 너무도 많으니 생략하고, 습관이나 자세, 그런 면에서의 특징은 어떨까요?"

"일반적인 관점에서 말씀드릴게요. 조선 학자 성호 이익 선생님이 노인의 특징을 잘 정리해 놓으셨습니다. 먼저 눈을 가늘게 뜨고 멀리 보면 잘 보이지만, 크게 뜨고 가깝게 보면 희미하게 보인다.”

“아, 정말 그런 것 같네요.”

“바로 옆에서 하는 말은 안 들리지만, 밤에 비바람 소리는 내내 들린다. 자주 허기가 지지만 밥상을 마주 하면 잘 먹지를 못한다.”

“저희 부모님을 보더라도 그런 것 같습니다. 그럼 이와 관련해 질병을 관리하는 습관도 말씀해 주실까요?”

오 교수는 오랜만에 잡힌 프로그램 녹화를 마친 뒤 전철을 타고 집으로 향했다. 노안이 와서 시야가 흐려 운전대를 놓은 지 3개월이 지났다. 퇴근 시간 무렵이라 사람이 많았다. 노약자석은 자리가 꽉 찼다. 오 교수는 꼿꼿이 서서 창밖을 무연하게 보면서 가는데, 저만치 한 노인과 청년이 말싸움하는 게 보였다.

“아니, 젊은 사람이 좀 일어나서 가면 안 돼?”

“네에? 어르신. 무슨 말씀이세요?”

“내가 다리가 아프다고. 꼭 말해야 알아? 지팡이 쥔 거 보면 몰라?”

“노약자석 가세요.”

“자리 찼잖아.”

“그렇다고 여기 일반석 제가 먼저 앉았는데 내놓으라는 건 도리가 아니죠.”

“이놈의 자식, 너는 부모도 없냐? 그럼 힘든 노인이 서서 가는 건 무슨 도리야?”

오 교수는 지하철에서 종종 싸움을 보았다. 저런 일들은 정말 수치심과 예의가 실종돼서 벌어지는 거라는 생각이 들었다. 서로 양보할 줄 모르고, 자기 자신만 알고 이타적인 생각은 1도 하지 않는다.

노인의 아집도 문제고, 청년의 되바라짐도 문제다. 오 교수는 혀를 끌끌 찼다. 특히나 노인층은 사소한 일에 목숨을 걸고 시비를 건다. 오 교수도 예전에는 안 그랬는데 요즘은 그 마음이 이해가 됐다. 자신도 불끈불끈 화가 솟을 때가 있다.

학교를 퇴직하고 아내를 간병한 지 몇 개월이 흘렀다. 낮에는 요양보호사가 오지만 주말과 저녁에는 오롯이 그가 해야 하는 일이다. 오 교수는 한숨을 푹 쉬었다.

집에 들어가니 아파트에 오줌 냄새가 진동했다. 아내가 용변을 본 것이다. 요양보호사가 인사 나왔다.

"교수님 오셨어요? 아까 제가 기저귀 갈아드렸는데 방금 또 소변을 보셨네요."

"내가 갈아주리다. 여보, 조금만 참아요. 내가 옷 벗고 손 씻고 해결해줄게요."

아내가 끙끙대는 소리를 크게 낸다. 그가 들어오는 인기척이 나면, 아내는 목소리를 높인다. 그리고 오 교수를 서운한 눈으로 보면서, 어디 다녀왔냐고 질책하는 듯한 태도를 보인다. 오 교수는 용변을 치우고 요양보호사를 보내고 아내의 얼굴은 손수건으로 닦아주었다.

"허 참, 김 여사님이 왜 이렇게 얼굴 땀도 안 닦아준 거야? 괜찮아, 내가 해줄게요. 오늘은 어떤 하루를 보냈나요?"

오 교수의 아내는 편안한 얼굴로 눈을 감고 잠들려 했다. 오 교수는 낮은 목소리로 자장가를 불러주었다.

창밖에서 시끄러운 소리와 조명이 요란하다. 오 교수가 커튼을 치려 창으로 다가가 아래를 내려다본다. 저 아래 내려다보이는 공원에 워터밤 파티가 요란하다. 수영복을 걸친 20대 남녀들이 즐기는 모습을 오 교수는 혀를 끌끌 차면서 보고 있다.

"세상이 어떻게 되려는지…. 참나."

오 교수는 신경질적으로 커튼을 쳤다.

한편 강동경찰서 사무실에서 다인은 선배 김 형사와 업무 관련 회의를 하는 중이었다.

"등산을 하러 갔다가 실족해 죽은 여성이야. 이름은 한미미."

다인은 인스타그램의 사진을 유심히 봤다. 상당한 미모와 몸매의 젊은 여성이 풀파티와 워터밤 등의 축제에서 비키니를 입고 있었다.

@happygirl128
너무나 행복해요. 칵테일, 올릴 거 왕 많아요. 인싸 피플들의 성지~
#반얀트리 #풀파티 #이렇게_노는거_안비밀 #호캉스가 최고

사진 밑에는 이런 식으로 올리고 태그를 달았다.

"정상에서 실족하는 걸 목격한 목격자는 없나요?"

다인이 물었다. 선배 김 형사는 고개를 저었다.

"친구와 같이 등산을 하다가 친구는 산 입구에서 힘들다고 내려 갔고, 한미미는 정상까지 올라 등산 인증샷을 남겼는데 내려오다 변을 당한 걸로 추정돼. 친구의 알리바이는 편의점에서 물건 산 것 으로 확인이 됐고."

김 형사가 가리키는 최근 게시물에 아차산 정상 등반 인증 사진 이 있었다.

"좀 이상하네요. 셀카가 아닌데요?"

"그게 셀카봉 같은 것을 사용하면 남이 찍어준 것처럼 나오지 않 아?"

"그래도 이렇게 레깅스 입은 다리가 끝까지 나오는 전신샷을 혼 자 찍을 수는 없다고요. 이 사진을 찍어준 사람을 찾아봐야죠."

"지나가던 등산객이 찍어줄 수도 있어. 게다가 산이란 게 폐쇄회 로 카메라가 한정적이어서 어렵겠지만, 주 형사가 사건 조사해봐."

"네, 그렇게 하겠습니다. 선배님."

호텔의 풀파티. 근육질에 삼각 브리프를 입은 남성들, 글래머 몸 매에 비키니를 입은 여성들이 칵테일 잔을 들고 웃으면서 흘러나오 는 힙합 음악에 몸을 가볍게 흔든다. 풀에서 비치볼을 던지는 장난 을 치면서 남녀들이 웃고 즐기고 있다.

다인은 검은색 정장을 입은 채 수영장에 온 사람들을 탐문하고 다녔다. 중간에 경호원들이 와서 다인을 제지했지만, 다인은 공무원 신분증을 보여주고 주최측에 허락을 받았음을 밝혔다.

"안녕하세요. 강동서 주다인 형사입니다."

다인은 비키니를 입은 여자들 무리로 다가갔다. 여성들은 당황하면서도 한편으로 호기심을 보였다.

"이분 아시지 않나요? 여기 수영장 파티를 주기적으로 온 분인데요. 이름은 한미미 씨입니다."

"어? 나 이 언니 알아요."

호피 무니 수영복을 입은 키 작고 염색 단발머리의 여성이 다인에게 말했다.

"미미 언니 맞잖아요. 왜 형사님이 이 언니를 찾고 다녀요? 뭐 사기라도 쳤어요?"

다인은 의미심장한 표정을 지었다.

"나랑 얘기 좀 해요."

다인은 단발머리 여성과 수영장 의자에 앉아 말을 나누었다.

"등산하다가 실족사했는데, 의문점이 있어 탐문 중입니다."

"흐음, 솔직히 이 언니, 여기저기 사람들한테 사기 치고 다녔거든요."

"사기요?"

"네, 집이 완전 부자라고 거짓말치고 다니면서 이런 파티에서 만난 사람들하고 친해져서 여자들한테는 쇼핑몰 모델 시켜준다 하고 소개료를 요구했어요. 제 친구가 당했다니까요. 돈 좀 있어 보이는 남자들한테는 접근해서 꽃뱀처럼 굴고요."

"그럼 여기저기서 원망을 샀겠는데요?"

"그럴 만도 하죠. 게다가 일본의 파파가츠라는 단어 아세요? 아빠 같은 사람한테 용돈 받고 사귀어주는 건데요."

"파파가츠? 원조교제 말하는 거예요?"

"뭐 그런 걸 나이 많은 아저씨들하고 하는 걸 말하죠. 저도 이 언니 따라갔는데 이상한 할아버지들 오는 카페여서 좀 민망해 뛰쳐나온 적 있어요."

"그 카페가 어딘지 알려줄 수 있어요?"

단발머리는 방수팩에서 휴대전화를 꺼내서 검색한 후 다인에게 링크를 보내주었다.

다인은 다음날 여자가 알려준 시니어 카페를 찾아갔다. 강남에 위치한 시니어 카페는 고급스러운 앤틱 가구와 아트월로 장식되어 있었다. 고풍스러운 소품이 구석마다 있었고, 유화와 판화가 걸려 있었다. 잘 차려입은 시니어들이 곳곳에 자리를 잡고 커피를 마시면서 담소를 나누고 있었다. 부풀린 머리에 큰 귀걸이를 한 여성이 다인에게 다가왔다. 다른 손님들이 마담으로 부르는 여성이었다.

"손님, 여기는 피프티(50) 이상이신 분들만 출입이 가능합니다."

다인은 신분증을 보인 후 말했다.

"사람을 알아보려고 왔습니다. 그런데 이상하군요. 제가 아는 분은 20대 여성인데 여기 마음대로 출입한 걸로 아는데요. 한미미 씨 아시죠?"

다인은 한미미의 사진을 갤러리에서 찾아서 보여주었다. 마담의 얼굴에 곤혹스러운 표정이 엿보였다.

"흐음, 한미미 씨는 아는 분 소개로 출입이 가능했죠. 대체 무얼 알아보고 싶으신가요?"

"한미미 씨가 등산하다 실족해 사망해서 알아보는 중입니다. 여기서 파파가츠를 했다는 증언을 확보했어요. 한미미 씨가 안다는 그분, 아시죠?"

마담은 정색하고 말했다.

"여긴 그렇게 상스러운 행동을 하는 곳이 아닙니다. 저희는 고급스러운 분위기를 지향하는 시니어 카페입니다."

"그런데 왜 한미미 씨는 50대 이상만 올 수 있는 사교클럽인 여길 마음껏 드나들 수 있는 거죠? 성매매 알선이 강하게 의심되는 거 아시죠? 넘어갈 수도 있어요. 한미미 씨 관련해 적극적으로 협조하신다면."

마담은 어쩔 수 없다는 듯 한숨을 쉬고 다인을 내실로 들였다.

"여기에 오시는 분들은 모두 노블레스 오블리주를 지키시는 분들이세요. 어려운 여학생들 학비를 내주는 대신에 사소한 대화를 나누는 것, 그뿐이랍니다. 불미스러운 일들은 전혀 없어요."

다인은 마담이 권하는 모히토를 거절하고 고개를 끄덕이면서 미소를 보였다.

"그건 차차 알아가기로 하고요. 한미미 씨가 누구를 만나서 어떤 좋은 대화를 나누었는지, 그거면 되거든요."

마담은 한숨을 내쉬었다.

"말귀를 못 알아들으시네요, 참."

"'성매매 알선은 3년 이하의 징역, 혹은 3천만 원 이하의 벌금에 처한다.' 3천만 원이라고 하니 그냥 운영비 정도로 생각하시나 봐요. 매달 내면 어떨까요? 아니면, 1주일에 한 번씩?"

"그만. 제가 졌어요. 미미를 미녀라고 애칭으로 부르던 분들이 계셨죠. 자주 만난 분들은 세 분 정도인데, 여기 시니어 카페에서 잠깐 대화 나눈 것뿐이고, 밖에서 무슨 일이 있는지는 제 소관이 아니니 그렇게 아세요."

다인은 마담이 건넨 이름과 연락처를 받아들고 의기양양하게 시니어클럽을 나섰다.

시니어 카페를 나온 다인은 첫 번째 이름부터 전화를 걸었다. 신호가 간 지 한참 있다 받은 여자가 목소리를 높였다.

"고 회장님은 지금 주무시는데요. 전화 못 받으세요."

"잠 좀 깨우시면 안 될까요?"

"그게 저…, 무슨 일인지 모르겠지만 회장님이 밤새 못 주무시다가 지금 간신히 잠드신 거라서요. 회사 업무는 요새는 아드님인 대표님이 다 처리하시니까 그리로 전화 부탁드리겠습니다."

다인의 전화를 받은 간병인은 고 회장이 최근 몇 개월 사이 알츠하이머에 걸려 거동도 제대로 못 한다고 알려주었다.

다인은 두 번째 이름에 전화를 걸었다. 이번에는 젊은 여자가 전화를 받는데, 최근에 번호를 받아 개통한 휴대전화라고 했다.

다인은 세 번째 이름에 전화를 걸었다.

"여보세요. 저는 주다인이라고 합니다. 오동주 선생님 맞으신가요?"

"방송사인가요? 오동주 교수 맞습니다."

"아, 교수님이신가요? 한미미 씨 일로 전화를 드렸습니다."

"한미미? 그게 누구죠? 학생들 일이라면 학생회실이나 담당 교무처에 물어봐요. 저는 퇴직을 했습니다."

"시니어 카페에서 미녀라는 애칭으로 불렸다는데요?"

"…."

"교수님?"

"난 모르는 사람이오."

"시니어 카페에서는 그렇게 말하지 않던데요? 좀 만나주실 수 있으신가요?"

"…전화 끊겠소."

다인은 포털에서 오동주 교수를 검색했다. 대학병원 노인질병학과 교수로 나와 있었다. 언론 기사에 나온 사진을 확대해보았다. 가르마를 탄 하얀 머리와 단정한 슈트의 그는 부드러운 미소로 노인들 건강 관련해 인터뷰하고 있었다.

하이브리드 뱀파이어들의 폭동

경찰 차량 2대가 호송하는 현금수송차가 국도를 달리고 있었다. 맞은 편에 갑자기 나타난 대형 화물트럭이 현금수송차량을 그대로 들이받았다. 도로는 아수라장이 되고 경찰차에서 무장한 경찰들이 내렸다. 트럭에서 내린 괴한들은 그대로 경찰들에게 달려들어 목덜미를 단숨에 물어버렸다. 피를 빠는 하이브리드들. 다른 하이브리드들은 현금수송차에 올라타 현금다발을 들고 환호했다.

명품매장 직원들이 퇴근 준비를 하는데, 화려하게 치장하고 뾰족하고 긴 네일 피스를 붙인 여자들 한 무리가 들어섰다.
"손님, 영업시간이 종료되었습니다."
이때 방소연과 다키니들이 앞으로 나서면서 깔깔깔 웃었다.
"호호호호호. 앞으로 명품과 스포츠카는 우리의 일상이 될 거야.

고고~."

다키니들이 갑자기 매장 벽으로 몸을 날려서 마치 짐승처럼 웅크리면서 기어다니다가 직원들에게 달려들었다. 비명이 난무하고 살육이 벌어졌다. 방소연과 다키니들은 온 팔에 주렁주렁 명품백을 들고 환호했다. 살육의 잔치는 스포츠카 매장으로 이어졌다. 하이브리드족들은 직원과 보안요원을 제압하고 스포츠카를 탈취해 갔다.

며칠 후 계룡산 중턱. 듀이는 듀이 암 케어 병원을 나와 산길로 올랐다. 산 중턱 무덤들이 여러 기 있는 곳에 자그마한 동굴로 들어갔다. 어둠을 한참 헤치고 가자, 횃불이 환하게 불타오르는 곳에 휠체어를 탄 노인 뱀파이어가 집사와 함께 듀이를 맞이했다.

"마스터."

듀이는 무릎을 꿇고 머리를 조아렸다. 노인 뱀파이어는 장갑을 낀 손으로 듀이의 머리를 쓰다듬었다.

"지금 우리는 절체절명의 순간을 맞이했다. 신세대 하이브리드들은 인간과의 수천 년의 공존 공생을 가볍게 파괴하고 그들의 쾌락과 권력을 위해 멋대로 행동하고 있어. 듀이 박사. 이걸 막을 수 있겠는가. 우리의 힘은 거의 사그라지고 있네…."

"최선을 다해 막도록 하겠습니다."

"이제 세대가 바뀌었어. 그들은 우리처럼 자격증을 따거나 공부를 해서 인간사회에 스며들려 하지 않아. 그냥 빼앗으려는 것뿐."

"저에게 맡겨주십시오."

노인 뱀파이어는 집사가 휠체어를 밀어 동굴 앞에 마중 나온 롤스로이스에 올랐다. 짙은 선팅을 한 롤스로이스 뒷문이 열리자 휠체어 채로 노인 뱀파이어가 들어갔다. 차에 타자마자 산소호흡기를 쓰고 뒤로 눕는 노인 뱀파이어. 듀이의 얼굴은 복잡해져 갔다.

한편 다인은 경찰서 사무실에서 선배 형사들과 컴퓨터 화면을 보는 중이다. 선 팀장이 심각한 얼굴로 말했다.

"그러니까 이게 강남 스포츠카 매장과 명품 매장에서 벌어진 일이라고! 말이 돼? 그리고 왜 범인들은 CCTV 화면에 안 잡히는 거야?"

김 형사가 정말 이상하다는 얼굴을 했다.

"분명히 여기 보시는 화면처럼 직원들이 당황해하고 명품 백들이 가져가지는 것은 보이는데 범인은 안 잡힙니다. 지금 국과수에서는 범인들이 자신의 몸에 특수 도료 페인트를 묻혀서 빛이 반사되어서 카메라 화면에 안 잡히게 하는… 그런 방법을 쓴 걸로 파악해 조사 중입니다."

다인은 당황했다. 그간 주미, 세경 등과 듀이에게서 자료를 받고 자체적으로도 조사한 결과, 뱀파이어는 영혼이 없어 거울이나 카메라 화면에 안 잡히는 걸로 알고 있었다. 하지만 인간 세계에 오래 동화된 뱀파이어나 자신들같이 뱀파이어가 된 지 얼마 안 된 인간들은 그렇지 않았다.

선 팀장이 말했다.

"우리도 저런 갱들이 들이닥칠지 모르니 관내에 경비를 강화하도록 하고 순찰 업무를 더 강화하도록."

"네, 알겠습니다. 팀장님."

이때 오 교수에게서 문자가 왔다. 오 교수는 다인의 신분을 확인
한다면서 경찰서 무슨 과에 근무하는지와 SNS 계정까지 꼬치꼬치
캐물었다.

오 교수의 정체

며칠 후에 연락이 다시 와서 약속 날짜를 잡았다. 다인, 세경, 주미는 함께 오 교수의 집을 방문했다.

오 교수의 집은 유명한 브랜드의 주상복합 아파트로, 부자들이 산다고 소문이 난 곳이었다. 오 교수는 혹시 누군가 지켜볼지 모르니 화물 엘리베이터를 타달라고 부탁을 했다. 다인은 오 교수가 일러준 대로 화물 전용 엘리베이터를 타기 위해 주상복합 아파트의 상점가 동의 뒷문으로 들어왔다. 화물 엘리베이터를 타고 6층에서 내리면 입주동으로 들어갈 수 있는 중간 다리가 있었다.

"아무리 한미미의 죽음으로 조사를 받는다는 걸 숨기고 싶어도 이건 아니다."

세경이 이상하다는 듯 말했다.

"뭔가 숨기는 게 있는가 봐. 다인 형사, 어떻게 생각해?"

"일단은 가서 말을 들어봐야 알지."

"근데 이상한 게 어떻게 세경이와 나까지 오라고 한 거지? 다인 형사와 친구인 걸 어떻게 알았냐고?"

다인은 뭔가 생각하다 말했다.

"내 인스타그램을 팔로우하다 안 것 같아. 교수님 말로는 내가 아무리 형사라지만 젊은 여자 혼자는 아파트로 부르기 불편하다면서 꼭 집어 세경이와 주미 너를 불렀어. 인스타그램서 댓글 달아주는 걸 보고 같이 와주었으면 하셨어."

"그래? 하여간 가보자."

다리를 건너 입주동으로 가서 엘리베이터를 타고 올라갔다. 오 교수 집에 도착해 벨을 누르자 오 교수가 문을 열어주었다. 화이트 톤 인테리어에 앤틱 가구들이 돋보이는 집에 창가에 난초가 가득했다. 벽에는 대형 가족사진이 걸려 있었다. 오 교수와 가족들이 한복을 입고 있었다.

탐정단은 인사를 하고 오 교수는 잠시 홍차를 내온다며 주방으로 갔다. 주미는 창가로 가서 식물들을 살피다가 드라큘라 난초에서 얼굴이 굳었다. 오 교수는 피처럼 붉은 홍차를 앤틱 찻잔에 따라 건넸다.

"아내가 병석에 누운 지 꽤 되어서 이제는 제가 손님들 대접을 해야 하죠. 주 형사님, 한미미 양 일로 물어보고 싶어 하셨는데, 질문하셔도 좋습니다. 친구분들도 드세요."

다인은 홍차를 입가에 갖다 대면서 마시지는 않았다. 주미는 화장을 고치는 척하면서 팩트를 꺼내서 오 교수를 살폈다. 오 교수의 당황하는 얼굴 표정도, 오른손도 보이지 않았다.

"다인아, 이것 좀 봐."

주미는 다인에게 귓속말로 오 교수가 수상쩍다고 했다. 오 교수는 홍차를 들라고 했지만 아무도 마시지 않았다.

"어서 차들 들어요."

주미가 대답했다.

"저희는 홍차를 그다지 좋아하지 않아서요. 그것보다 제가 화장품 거울로 잠시 보았는데 이상하게 손이 안 보이는…."

별안간 오 교수는 세경에게 오른손 주먹을 날리고, 주미에게 찻잔을 던졌다. 주미는 날아든 찻잔에 놀랐지만 한 손으로 잡아채고 그대로 공격 자세를 취했다. 다인이 일어나 권총을 꺼내 겨누었다.

"교수님, 진정하시죠. 저는 단지 한미미 양 일만 물으러 왔습니다. 하지만 의심스러운 것이 있다면 조사를 해야겠습니다. 꼼짝 마십시오!"

"자네들도 보통 사람은 아니로군. 다들 앉게. 한미미 양이라, 흐음."

오 교수는 다시 자리에 앉아 과거 기억을 잠시 떠올렸다. 한미미가 시니어 카페에서 서빙 알바를 할 때, 자신은 집안이 어려워 대학을 중퇴했다면서 오 교수의 수업을 청강한 적이 있다고 해서 친해졌다. 그녀와 주기적으로 톡을 주고받는 게 오 교수의 유일한 낙이 된 건 정말 금방이었다. 아내를 간병하고 살피는 게 힘들어지면서 우울증에 빠져들려는 찰나, 한미미와 우정을 나누었다. 인문서를 읽고 독서 모임을 둘이서 갖자고 했다. 매주 강남역 스타벅스에 가서 한미미를 만나서 책에 관한 이야기를 나누었다.

그러다 두 달 지나 한미미가 엄마가 아프다면서 사정이 어렵다고 해서 200만 원을 빌려주었다. 그 후에도 이러저러한 일로 힘들어하면 종종 돈을 건넸다. 그런데 6개월이 지나서는 1천만 원 이상을 요구했다. 오 교수는 잠시 생각해보다 거절했다.

"자네에게 그런 큰돈을 건네면 세간에서 우리 사이를 단순한 우정으로 보기는 힘들겠지."

한미미는 알았다고 한 뒤 다음번 독서 모임부터 나오지 않았다. 한미미에게 바람을 맞고 마침 비를 맞고 집에 가던 오 교수는 편의점에 들러 우산을 사려고 했다. 하지만 우산이 동이 나서 하는 수 없이 음료수를 사고 검은 비닐봉투를 머리에 씌우고 집 쪽으로 향했다. 그런데 누가 갑자기 다가와 우산을 씌워 주었다.

"교수님~ 그렇게 다니시다가는 품위가 떨어져요. 그리고 비가 오면 위험하니까 길 가장자리로 다니세요. 무릎에 자꾸 힘이 빠지신다면서요…."

"아니, 자네. 여긴 무슨 일인가? 오늘 모임은 왜 안 오고."

"사정이 있어서요. 이제 알바를 하나 더 늘려서 집을 도와야 하는데, 일하다가 연락드리는 걸 까먹었어요. 시간이 지나 부랴부랴 여기로 달려왔죠. 교수님이 전화를 안 받아서요."

그제야 오 교수는 부재중 전화가 와 있는 걸 확인했다. 그는 감동했다.

"정말 고맙네, 자네."

"뭘요. 교수님 생각해주는 사람 저밖에 없죠? 아차차…, 사모님이 계시는데 함부로 말을…. 죄송해요."

"아니야, 정말로 고마우이. 내 이 은혜 꼭 갚을게."

다음날 오 교수는 한미미에게 돈을 부쳤다. 그녀와의 우정 없이는 이 힘든 삶을 버틸 수 없을 것 같았다.

그런데 왜 이 지경이 된 것인가. 그후로도 그녀의 끊임없는 돈 요구에 거절했기 때문인가. 오 교수가 지쳐 거절하면 그녀는 자신을 꽃뱀 취급하는 거냐면서 언론에 자신과 오 교수의 금전 거래를 밝히겠다고 했다. 그렇게 지속적 협박과 괴롭힘이 시작된 것이다. 몇 달 전에는 등산하는데 불러서 사진을 찍어달라고 했다. 오 교수가 체력적으로 등산을 힘들어하자 경멸하는 눈초리를 보냈다. 사진 찍는 심부름꾼 정도로 만들어버렸다.

언젠가는 독서 모임에 나온 한미미는 돈을 안 부쳤다면서 능멸하는 눈빛으로 쳐다보았다. 그러다 한미미는 잠시 화장실 간다면서 나갔는데, 오 교수가 뒤따라 나갔다가 그만 그녀의 전화하는 소리를 엿듣게 되었다.

"응, 나 냄새 나는 노인네하고 나와 있어. 걱정 마. 자기 보러 풀파티 곧 갈 테니까."

오 교수는 그녀가 자신을 경멸한다는 것을 깨닫고 인스타그램에서 풀파티를 검색했다가 그녀의 계정을 알아냈다. 야한 비키니를 입고 가슴을 부각하면서 남성들을 유혹하고 각종 풀파티나 핫플레이스에 젊은 남자와 다니고 한껏 젊음을 즐기고 있었다.

오 교수가 절망에 빠져 정말 죽고 싶은 심정이었을 때, 병원에서 한 남자가 다가왔다. 명함엔 병원 직원이라고 적혀 있었는데, 아내의 병에 관한 일체 자료를 연구에 이용하게 해준다면 영원한 생을 준다고 했다.

오 교수는 웬 이상한 사람인가 싶다가도 한미미와 있었던 일을 되새기며 진짜 자신에게 영원한 생을 줄 수 있는지 다시 물었다. 얼굴이 창백한 남자는 다시 자신이 전화를 남기겠다고 했고 이후에 그들은 만났다. 오 교수는 그 남자에 받은 약을 자신도 먹고 아내에게도 먹였다.

아내는 약간의 증상 완화가 보였다. 아내의 손가락이 점차 자연스럽게 움직였다. 자신은 이상하리만치 체력이 상승하고 활력이 돋았다. 하루에 푸시업을 1천 개도 넘게 할 수 있었다. 20대에도 불가능한 체력이었다.

약으로 그 남자에게 의존하게 되자 이젠 그의 지시를 들어야만 했다. 그리고 지금 여기 다인 일행을 부른 것도 바로 그 남자의 지시였다. 자신을 의심하는 형사 일행을 죽이라는 게 그 남자의 명령이었다. 발설하면 자신도 아내도 죽는다고 했다.

오 교수는 괴로워하며 소리질렀다.

"나, 나보고 노인네 냄새가 난다고 했어! 나를 능멸했다고! 나는 방황하는 한미미 학생을 교화해서 바른 생활로 이끌어보려고 했는데, 은혜도 모르고 감히! 말을 안 들어서 혼내준다는 게 그만…."

"진정하세요, 교수님!"

오 교수의 얼굴이 하얗게 변해가면서 핏줄이 이마와 뺨에 불룩불룩 올라왔다. 다인이 진지하게 물었다.

"누구 만났죠? 그리고 거래를 하신 거 맞죠? 왜 우리를 셋 다 부른 거죠?"

"그래 만났지. 그는 내 아내의 피를 채혈하고 갔다네. 그리고 난 그들이 주는 약을 먹고 영생을 얻었어!"

오 교수는 어깨 근육이 튀어나오면서 셔츠가 뜯어져 버렸다. 다리에 근육이 생기면서 온몸에 활기가 넘쳐흘렀다. 날카로운 송곳니가 입안에서 돋아났다. 오 교수는 갑자기 앉은 자리에서 공중으로 솟구쳤다가 내려오면서 다인을 공격했다.

"흐이야합!!!"

다인은 오른손을 들어서 공격을 막으면서 뒤로 물러났다.

"다인아, 조심해!"

세경은 오 교수에게 달려들어 다리를 붙잡았다. 오 교수는 세경의 목덜미를 물으려고 몸을 뒤틀어서 숙인 후 송곳니를 드러냈다. 이때 주미가 달려들어 오 교수의 두 팔을 붙잡고 외쳤다.

"다인아! 수갑, 수갑!"

다인은 수갑을 빼서 오 교수의 팔목에 채웠다.

"크르르르르!"

하지만 이미 인간이 아닌 오 교수를 수갑으로 묶어놓을 수는 없었다. 오 교수가 팔을 위로 들어서 힘을 주자 수갑은 힘없이 끊어졌다.

세경이 구급상자에서 주사기를 꺼내 약물을 주입하고 오 교수의 어깨에 찔렀다. 다인과 주미가 오 교수를 붙들고 세경은 그대로 압박붕대를 꺼내서 오 교수의 온몸을 칭칭 감았다. 오 교수는 입에 침을 물고 그르렁대다가 제풀에 지쳐 쓰러져버렸다.

"세경아, 주사한 약이 뭐야?"

"뱀파이어의 힘을 약화시키는 약. 내가 하도 사람의 피를 찾는 욕구가 강해져서 여러 가지 진정제 성분의 약을 합쳐서 만들었어. 정말 못 견디게 힘든 날이면 썼는데 이렇게 쓸 줄은 몰랐네."

세경과 주미는 한숨을 돌리고 다인은 오 교수의 휴대전화를 찾았다. 환자 침대 옆 테이블에 여러 가지 약품과 응급처치 도구 옆에 있었다. 아내를 간병하면서 오래도록 시간을 보냈을 거라 짐작되었다.

휴대전화를 열어보니 한미미에게 돈을 보낸 내역과 한미미와 주고받은 메시지가 보였다. 그리고 결정적으로 산 정상으로 가는 길에서 한미미를 몰래 뒤쫓아 영상을 찍었다. 증거는 확보되었다. 한미미가 떨어진 그 시간에 같은 장소에 있었던 것이다.

잠시 후 오 교수는 정신을 차리고 다시 점잖은 교수로 돌아와 있었다. 다인이 차분하게 물었다.

"어떻게 초인적인 힘을 얻은 거죠?"

"응? 뱀파이어? 너희들도 맞지? 정확해. 인간이 뱀파이어가 되면 서로들 알아보지. 누군가에게 받은 약으로 그렇게 됐어."

다인이 놀라서 되물었다.

"당신, 누구한테서 약을 받았어?"

오 교수는 고개를 저었다.

"그걸 발설하면 나도 아내도 죽어. 그건 묻지 마."

잠시의 침묵이 흐른 후 오 교수가 입을 열었다.

"너희들은 젊어서 뱀파이어가 되어 힘이 센지 몰라도, 늙은이가 뱀파이어가 되면 어떤지 알아? 마치 가을 모기 같지. 열심히 날아오르고 있는데 힘이 없고 슬슬 처져. 사람을 물어도 사람 피부가 별로 부풀어 오르지도 않는다고. 곧 가을 모기는 죽을 신세가 되는 거지. 그런데 죽지도 않고 그냥 사니까 얼마나 힘들어. 내가 나이 들어 뱀파이어가 되니 꼭 그 꼴이야. 잠깐 힘이 솟구치다가 이후에는 그냥 지쳐서 쓰러진다고. 그러니 뱀파이어가 되기도 전에는 한미미가 얼마나 노인인 나를 무시했겠어. 가식적으로 돈 줄 때만 친구랍시고 다른 남자 만나러 다니고!"

주미가 외쳤다.

"아니, 아무리 그래도 어떻게 그런 일을 하실 수 있어요! 딸뻘인 여성을 죽이다뇨!"

"죽을 만했어! 후우, 내가 의대 교수로 잘 나가다가 왜 퇴직한 줄 알아?"

세경은 입을 다물었다. 어디선가 들은 적은 있었다.

"아내가 치매가 걸려서야. 30년 넘게 근무하고 퇴근하는 날 아무도 나를 반기는 사람이 없어. 아내는 바지에 소변을 적시고 소파에 앉아 우두커니 망연자실 나를 기다렸지. 아침부터 아무것도 안 먹고. 그렇게 치매 증세가 점점 심해졌어."

오 교수는 말을 차분하게 이어 나갔다.

"기억을 잃어가는 아내의 대소변을 치웠지. 처음에는 그래도 내 손으로 하니 아내도 덜 창피하겠다 싶어 보람을 느꼈어. 그런데 그게 아니야. 내가 점점 가족을 돌본다는 자부심을 잃어갔어. 자식들은 코빼기도 안 보여. 제자들은 다들 해외여행에, 호텔 레스토랑에, 수영장에 난리가 나 있어. 모두 바디 프로필 찍는다고 벗어젖히지, 유튜브에서는 먹방 하느라 먹고 토하는 일이 다반사지. 난 이해할 수가 없었어. 돈이 아깝고 그들의 낭비하는 시간이 아깝고 남을 배려 안 하는 그 사치들이 무개념이라고 보았어."

세경이 소리 질렀다.

"그런다고 한미미 씨를 죽여요? 네?"

"아니야. 한미미는 적어도 처음에는 그런 사람이 아니었어. 그런데 점차 나를 홀리면서 발톱을 드러내더군. 왜 그렇게 됐겠어? 사치에 물든 거지. 사치는 범죄야! 적어도 나한테는 그래. 난 죽을 때까지 다 쓰지도 못하는 돈을 은행이 저축해놓았지. 그런데도 아내를 내 손으로 돌보다가 어느 날⋯, 먹다 남아 한참 놔둔 자스민티 음료수를 뚜껑 열어 삼키는데 물컹한 게 입에 들어왔어. 뱉으니 곰팡이 덩어리야. 돈도 그런 거겠지. 난 쓸 줄 모르니 은행에 썩어 넘치도록 있고, 얼굴도 못 보는 자식들 배만 불려주겠지. 그런 거야, ㅋㅎㅎㅎㅎ⋯."

"그럼 사모님을 요양병원에서 모시고 인생을 좀 더 편하게 사시고 즐겼어도 이러지는 않으셨을 거 아니에요?"

오 교수는 세경을 매서운 눈초리로 노려보았다.

"내가 노인질병학과 교수인데, 왜 남의 손에 맡겨. 누구를 믿고 맡겨? 앙!?"

다인이 찬찬히 말했다.

"그런 게 아니겠지. 병원에 보내기엔 남들 시선이 두려웠겠지.

안 그래요? 그리고 청년들 즐기는 것은 눈꼴시어 해코지하려 했던 것이겠지! 한미미가 싫어졌으면 안 만나고 차단하면 되잖아. 죽일 거까지는 없잖아! 당장 자수해! 같이 경찰서 들어갑시다."

"꺼져. 너희들도 다들 사치하는 범죄자년들이야! 나는 아내랑 장렬히 저항하다 죽을 테니 모두 사라져!"

오 교수는 갑자기 눈에 핏발이 서더니 어깨에 힘을 주어서 몸을 감은 압박붕대를 뜯어내 버렸다. 그리고 테이블 밑에 감춰둔 휘발유를 꺼내 온몸에 뿌리고, 침상의 아내에게도 뿌렸다. 그는 라이터를 켰다.

"언젠가 같이 죽으려 사둔 거야. 다가오지 마! 다 죽는 거야. 스프링클러도 내가 다 분해해놨어."

다인이 천장을 보니 스프링클러가 뜯겨 있었다.

"나 혼자 안 죽어. 아파트 위층의 맨날 뛰어다니는 애새끼와 그 부모들도 다 같이 저승으로 가는 거야, 우히히히히히히히!"

다인의 눈에 핏발이 섰다. 세경은 직감적으로 다인이 뱀파이어화하려는 걸 느꼈다.

다인은 갑자기 공중으로 몸을 날려서 오 교수에게 덤벼들었다. 오 교수의 손에서 라이터가 떨어지려는 걸 세경이 낚아챘다. 다인은 오 교수가 옴짝달싹 못 하게 껴안고 그의 눈을 뚫어지게 보았다. 오 교수는 아아아아, 신음을 낸 후 그대로 기절했다. 세경이 오 교수 아내의 침상으로 가서 물수건으로 휘발유를 닦아냈다. 그리고 오 교수의 옷을 벗겨 휘발유 묻은 옷을 갈아입혔다.

"아, 교수님."

세경은 오 교수의 몸 곳곳에 난 생채기를 보고 눈물 흘렸다. 가려움증에 고생한 흔적이다. 본인도 노인이면서 아내를 간병하다 정신과 몸이 같이 병에 걸린 것이다.

"다인아, 이제 본 모습으로 돌아와, 제발. 우린 본질적으로 사람이야. 뱀파이어가 아니야."

다인은 핏발 서린 눈이 다시 하얗게 변하면서 평상시 얼굴로 돌아왔다.

"경찰서에 연락할게."

다인은 오 교수를 살피면서 경찰서에 연락했다.

"선배님, 인플루언서 살인사건 용의자 잡았습니다. 여기는 타워플레이스 아파트 12층입니다. 제가 친구와 함께 용의자 탐문에 나섰다 자백받았습니다. 녹취 증거 있습니다."

세경은 다인이 전화를 끊고 휴대전화를 넘기자 녹취 파일을 열어서, 다인이 뱀파이어로서 쇳소리 나는 목소리로 했던 말들을 편집했다.

"오 교수님 자백은 살리고, 뒷부분은 지웠어."

"세경, 선배님들이 달려올 거야. 이제 진술받고 재판에 넘겨야 하는데, 사모님은 간병인을 구하거나 병원에 입원시키는 걸 알아봐야겠어. 다른 가족들에게 연락을 해봐야지."

다인은 사건 처리에 여기저기 연락을 하면서 분주했다. 세경은 오 교수의 아파트를 둘러보다가 "홍콩식 딤섬 전문점, 원하시는 생물을 신선 배송해드립니다"라고 적힌 명함을 집어들었다. 주미가 다가와 같이 보았다. 그들은 고개를 갸웃했다.

"수상쩍은데?"

강남에 있는 대학병원 지하 시신 안치실. 장례지도사가 다가와 시신 안치실에서 염습할 시신을 운구대 위에 모셨다.

"부장님, 저 구석의 안치실은 왜 봉해놓고 있나요?"

청년 장례지도사는 시신을 운구대 위에 고정하면서 물었다.

"사건에 얽혀서 유족들이 사용료를 지불하고 시신을 반출하지 않는다던데. 나도 잘은 모르지. 자, 어서 입관식 늦지 않게 준비하자고."

"네, 알겠습니다."

그날 밤 시신 안치실에 검은 두건을 쓰고 검은 망토를 입은 사람이 하얀 가운을 입은 병원 직원과 함께 들어갔다. 직원은 구석에 봉인된 시신 안치실 자물쇠를 풀었다. 비밀번호도 눌러 이중으로 잠긴 문을 열고 버튼을 누르자 안치실 안에서 잠들어 있던 시신이 나왔다. 검은 두건을 쓴 자가 시신 얼굴에 놓여 있는 하얀색 모시 천을 걷어냈다. 유춘시가 눈을 번쩍 떴다.

"어서 집중치료실로 갑시다."

검은 두건을 쓴 사람의 제안에 병원 직원은 운구대에 유춘시를 실어서 시신 전용 엘리베이터로 향한다. 두건을 벗자 듀이 암 케어 병원의 한의사 전명구의 얼굴이 드러났다. 운구대가 먼저 엘리베이터에 오르게 하고, 나중에 올라탔다.

지하 5층으로 향하는 엘리베이터. 지하 5층에 도착한 전명구는 운구대를 주차장을 가로질러 구석에 있는 문으로 끌고 갔다. 철문

비밀번호를 누르고 들어가자 환한 복도가 나왔다. 바닥과 벽이 하얀 타일로 붙여진 기다란 복도를 걸어가다 중간에 문을 열고 들어갔다. 차가운 냉기가 흘러나오는 곳에 각종 의료 기기들과 실험 기계들이 가득했다. 기다리고 있던 의료진들 운구대에서 유춘시를 병상으로 옮겨서 온갖 의료 기계들을 연결했다. 전명구가 지시했다.

"줄기세포 배양 슬라이드."

의료진이 슬라이드를 현미경에 장착해 전명구가 볼 수 있게 했다. 세포들이 활발하게 움직이고 분열하는 모습이 보였다.

"표적 치료와 항암 치료에도 살아남은 암 줄기세포를 배양해 자기재생과 분화 능력을 판별해 새로운 세포종을 추출했습니다. 가장 강한 세포종입니다."

"유춘시 사령관님의 몸에 넣고, 반응을 관찰하도록."

"네. 알겠습니다. 집사장님."

뱀파이어 사역마(뱀파이어를 받드는 인간)들과 전명구는 유춘시를 활성화시키기 위해 애썼다.

수상쩍은 홍콩식
딤섬 전문점

울긋불긋한 벽지가 돋보이는 딤섬 전문점 주방 뒤에서 다키니들이 명품가방들을 들고 거울에 섰다. 가방들만 대롱대롱 달려 있고 다키니들은 거울에 모습이 보이지 않았다. 한철영이 큰 소리를 냈다.

"어서 영업 준비하도록."

다키니들이 치파오를 입고 가게 문을 열 준비를 했다.

그때 다인, 주미, 세경은 조용히 딤섬 가게에 들어섰다. 다인은 가죽점퍼를, 세경은 트레이닝복을, 주미는 트렌치코트를 입었다. 그들은 보스턴백과 배낭 그리고 숄더백 등을 바닥에 내려놓았다. 주미는 가게 벽에 놓인 드라큐라 난초를 살폈다. 다인이 주문을 했다.

"짜장 도삭면, 마파부두, 오징어튀김 그리고 가지튀김. 음료수는 코코넛밀크와 망고맥주로 주세요."

주미는 빙그르르 웃으면서 주문을 받는 다키니를 주목했다.

"다인아, 도삭면이 왜 생겼는지 알아?"

다인은 모르겠다는 듯 고개를 저었다.

"아주 오래전 칭기즈칸이 중국 한족의 반란을 막으려고 무기 규제를 했대. 그래서 열 가구당 한 개의 부엌칼을 소지하게 한 거야. 그래서 사람들이 예리한 칼 대신 날 없는 철판 같은 도구로 반죽을 잘라서 만드는 도삭면이 생긴 거지."

세경이 응수했다.

"참 재미있네."

주방에서 홀을 내다보던 한철영은 얼굴에 비릿한 미소를 지었다. 그는 직접 요리를 쟁반에 받쳐 들고 홀로 나가 서빙을 했다. 한철영은 요리를 내려놓고 얼굴에 쓴 마스크를 벗고 세경과 눈을 마주치고 씩 웃었다. 주미가 스테인리스 숟가락에 한철영을 비춰보자 모습이 보이지 않았다! 주미가 벌떡 일어났다.

"어서 장비 챙겨."

말이 떨어짐과 동시에 한철영이 눈가에 핏발이 서고 송곳니가 자라면서 얼굴이 하얗게 되어서 그대로 다인에게 덤벼들었다.

탐정단은 외투를 벗고 고블린 모드로 변신했다. 다인은 테이블을 한철영에게 던졌다. 그는 한 손으로 턱하니 잡고 주미에게 던졌다. 주미는 재빨리 숄더백에서 도끼를 꺼내서 테이블을 반으로 갈랐다. 다인의 등 뒤로 다키니가 달려들자 세경은 메이스를 보스턴백에서 꺼내서 그대로 다키니에게 내리쳤다. 다키니가 괴로워하면서 사라져버렸다.

다인은 품에서 권총을 뽑아 한철영에게 쏘았다. 한철영은 천장으로 훌쩍 뛰어올라 피하다가, 다인의 목덜미를 잡고 그대로 들어올렸다. 한철영의 입에서 송곳니가 길게 자라나고 날카로운 손톱이 주욱 길어졌다.

"그르르르르르르…."

주미가 슬링을 빼서 은탄환을 날렸지만 탄환은 한철영의 목 옆에 아슬아슬하게 스쳤다. 다인은 주먹을 날려 한철영이 주춤하는 사이에 빠져나왔다. 이번에는 세경이 벽을 발돋움해서 공중으로 날아올라서 한철영의 어깨를 붙잡고 내던져버렸다.

다키니들은 산산이 흩어지고, 한철영은 탐정단 세 명의 공세에 밀려 창밖으로 박쥐로 변신해 날아가 버렸다.

한숨을 돌린 탐정단은 가게 안을 살피고 주방으로 향했다. 주방 안 옷들이 걸린 사이사이 명품백들이 걸려 있고, 가방 안엔 귀금속들도 보였다. 세경이 주방 구석에 대형 솥뚜껑을 들어보니 솥 안은 돈다발과 금괴로 가득했다.

"이럴 수가! 다인아, 이거 현금다발에, 금괴에…. 은행이라도 턴 거야, 뭐야?"

다인이 다가와 살폈다.

"최근에 현금수송차량이 강도당한 적이 있어. 누구 짓인지 이제 알겠네."

주미가 주방을 살피다 구석에 있는 뒷문을 열었다. 작은 방에 손발이 묶인 남녀들이 모두 겁에 질려 있었다. 옷차림을 보니 원래 주방장과 직원들이 분명했다. 다인은 즉시 경찰서로 전화를 했다.

"선배님, 지원 요청합니다. 강남 일대를 털던 강도단 아지트 발견했습니다. 현금수송차량 탈취도 이놈들 짓인 것 같습니다. 납치당한 인질들도 있으니 구급차도 보내주세요. 범인들은 놓쳤지만 인질들은 구조했고, 증거 물품 확보했습니다."

주미와 세경은 CCTV를 떼어내서 없앤 후 자리를 비키고, 다인 혼자 형사들이 도착하기를 기다렸다.

토리스 부인과
손가미 양

손가미 양은 홍중고등학교 2학년이다. 아빠는 유럽인이고 엄마는 한국인이라고 했다. 6개월 전에 유럽에서 전학을 왔고, 한국말에 능통했다. 큰 눈과 갈색머리에 몸은 무척 말랐다. 가미가 전학서류를 들고 교무실에 왔을 때를 주미는 아직도 기억한다. 주미는 교무실 구석에 앉은 가미를 배정된 담임 선생님께 안내해드렸다.

엄마는 무척이나 키가 크고 볼륨 있는 몸매라면, 손가미는 키가 작은 편이고 말랐다. 특이한 것은 아직 교복을 못 구해 사복을 입었는데, 샤넬풍 트위드 투피스에 담비털 목도리를 걸친 것이 엄마와 옷차림이 흡사했다. 한눈에 보아도 부유해 보였고, 나중엔 아빠가 유럽 귀족이라는 소문도 생겼다.

그런데 오늘 주미가 다니는 발레 교습소에서 그 모녀를 만났다.

"가미야."

"선생님, 안녕하세요."

손가미는 정중히 인사를 했다. 가미의 엄마가 다가왔다. 붉은색 머리결이 웨이브 져서 우아하게 내려왔다.

"가미 선생님이시죠? 지난번에 전학 등록하러 간 날 뵈었습니다. 저는 가미 엄마, 안나 토리스라고 합니다. 모두들 토리스 부인이라고 유럽에서 많이 불렀어요. 가미 어머니보다는 토리스 부인이 듣기에 익숙해요."

"아, 토리스 부인, 반갑습니다. 저는 과학을 가르치는 오주미라고 합니다. 이 학원 다니세요?"

"네, 발레를 딸과 같이 배우고 있죠."

"저는 건강을 챙기려고 최근에 등록했어요."

"선생님, 건강은 어떠세요? 지난번에 치료받으신다고 휴가 내셔서 가미도 걱정 많이 했어요."

"다행히 신약이 잘 들어 많이 좋아져서 학교에 다시 나가요."

"그러시군요, 선생님. 진심으로 축하드립니다. 이런, 저희가 선생님 발레 수업을 방해하고 있네요. 이만 실례하겠습니다. 가미야, 우리도 어서 수업을 준비하자."

"네, 엄마."

잠시 후, 스튜디오에 검은색 발레복으로 갈아입고 온 손가미와 토리스 부인은 발레 강사의 지시에 맞추어 능숙하게 발레 동작을 해보였다.

주미는 맨 뒤에서 조심히 그들을 따라했다. 뱀파이어가 되고 나선 예전보다 몸이 더 유연해지고, 다리에 힘도 붙었다. 다시 비건으로 돌아가려고 노력 중이지만, 뭔가 목이 타고 갈급한 마음이 들고는 했다. 주미는 발레 수업이 끝나고 집으로 돌아왔다.

밤중에 냉장고를 열어 샐러드만 한참 쳐다보다가 닫았다. 이러다 무언가 강한 욕구에 시달리면 결국에는 존 듀이 박사를 찾아야겠지만, 지금은 아니었다. 세경은 순수한 피를 배달받아 먹는다지만, 주미는 참는 중이었다. 최대한 참을 수 있는 만큼 인간으로서의 본성을 지키고 싶었다.

토리스 부인과 가미는 기사가 운전하는 차에 타서 집으로 가는 중이었다. 차 안에서 가미가 한숨을 쉬었다.

"왜 그래, 우리 딸? 발레가 힘들었어? 무슨 고민 있어?"

"엄마, 왜 나는 친구가 없을까? 참 오랫동안 친구가 별로 없어."

"그거야, 인간은 우리를 두려워하거든."

운전기사와 토리스 부인은 거울로 시선을 슬쩍 맞춘다. 운전사는 쓱 웃고 운전에 열중한다.

"그런데 지금 이 반에 내 친구가 한 명도 없어. 밥도 간식도 혼자 먹고 있어. 어떻게 친해질 수 있을까?"

"가미, 그런 걸 몰라? 인간들은 두려움을 없애주면 마음이 놓여서 문을 연단다. 걔네들의 두려움이 무언지 알아와. 내가 해결해줄게."

"그런가? 알았어, 엄마."

다음날, 학교에서 가미는 이지와 채연이 소근소근 말을 주고받는 중에 다가갔다.

"이거 같이 먹지 않을래? 우리 엄마가 만든 수제 요구르트야."

채연이 정색하면서 고개를 저었다.

"가미야, 지금 이지랑 중요한 이야기 할 게 있어."

"그렇구나. 알았어. 그래."

가미는 자리로 돌아와서는 귀를 쫑긋하게 세우고 그들이 하는 말을 엿들었다. 뱀파이어는 소리의 파동을 모아서 먼 곳의 소리도 듣는 능력이 있었다.

"이지야, 어떡해. 그 남자가 또 돈을 보내래. 아니면 친구의 벗은 사진을 대신에 보내래. 안 그러면 내 사진을 학교 홈페이지에 올린 대. 나 어떡하지?"

"채연아, 나도 너 일 도우려다 그 나쁜 놈한테 넘어가서 내 사진 보냈단 말이야. 내 사진을 보내면 너를 괴롭히지 않는대서."

"뭐어어? 이젠 진짜 어떡해. 우린 어떡해. 부모님한테 말할까?"

이지가 고개를 저었다.

"아, 안 돼. 정말 큰일날 거야. 무조건 우리끼리 해결해야 돼. 그건 안 돼. 그런데 그 사람 어쩌다 알게 된 거야?"

채연이 한숨 쉬고 말했다.

"'친절한 오빠 K가 고민을 상담해드립니다'라는 계정에서 성적 고민을 말하다가 친해졌는데, 그렇게 사진을 교환하다가 여기까지 오게 된 거야. 어떡하지, 흐흑흐흑."

가미는 노트에 '친절한 오빠 K가 고민을 상담해드립니다'라고 적었다. 그리고 하교한 뒤 그 계정을 검색해 들어가서, 메시지 보내기 버튼을 눌렀다.

며칠 후 달밤, 가미는 공원 으슥한 곳으로 나가서 누군가를 기다렸다. 얼마 되지 않아 검은 점퍼를 입고 마스크를 쓴 키 큰 남자가 다가왔다.

"네가 손가미? 돈은 준비해 왔어? 돈 안 주면 네 사진 뿌려버린다. 알지?"

"네, 그런데 엄마를 모시고 왔어요."

"엄마아?"

나무 뒤에서 토리스 부인이 목까지 레이스가 올라오는 빅토리아 풍의 서양 원피스를 입고 나왔다. 남자는 오히려 세게 나왔다.

"아이구, 둔한 엄마 모시고 오면 뭐가 달라질 줄 알고? 더 잘됐어. 어머니, 돈 좀 있어 보이시네요. 저한테 얼마 주시겠어요? 설마 손가미 사진을 가지고 인터넷에 올렸다고 경찰에 신고하고 그러면 일만 더 커지고 소문 크게 나는 거 아시죠?"

토리스 부인의 눈가가 살짝 찌푸려졌다.

"둔해?"

토리스 부인은 두 눈을 부리부리 크게 뜨면서 숨을 크게 들이쉬었다. 몸이 엄청나게 부풀면서 키가 커지고, 흉통이 커지고 어깨도 넓어졌다. 원피스 단추가 드득득 틀어졌다. 토리스 부인은 찢어진 원피스를 벗자, 레깅스와 운동복이 드러났다.

남자는 놀라면서 뒤로 물러났다.

"뭐, 뭐야. 어떻게 된 거야?"

"아구, 옷을 생각 안 했네."

"그러게, 엄마. 고상한 모습으로 훈계한다는 계획은 어디로 갔어? 이히히히히히히히."

손가미가 크게 웃었다.

"우린 몸을 이렇게 크게도 작게도 만들 수 있어. 네 피를 남김없이 빨아먹으면, 그 유전자를 가지고 와서 내 몸에 적용할 수 있거든. 하아, 넌 좀 맛없어 보이지만, 내가 한국에서 친구를 좀 사귀고 싶어서 말이야."

"뭐, 뭐라고? 당신들 뭐야?"

이때 손가미도 몸집이 갑자기 커지더니, 와락 남자에게 달려들어 목을 콱 물었다. 토리스 부인은 남자의 팔을 물었다. 한참 피를 빨아 마신 토리스 부인과 손가미는 원래 몸집으로 되돌아갔다. 그러고는 핸드백에서 손수건을 빼서 입가의 피를 닦았다. 가미가 입을 다시며 퉤 침을 뱉었다.

"엄마, 담배 피나 봐. 오염됐어."

"그래서 안전인증을 받은 피만 마셔야 하는 거야. 다음엔 죽이기만 하고 피는 빨지 말아야겠다. 우리 딸, 맛없는 거 먹느라 수고했어."

가미는 남자를 내려다보았다. 피가 빨려 사망한 남자는 온몸에 핏기가 하나 없이 몸이 축 늘어져 있었다.

"이 남자도 뱀파이어가 돼?"

"아니, 나는 이미 나이가 들고 긴 세월 유전자 변형을 일으켜 흡혈귀 인자를 전할 수 없어. 가미 너처럼 사람과 뱀파이어 사이의 하프 뱀파이어는 유전자가 전해지기가 힘들고."

"그렇구나. 이제 시체는 어떻게 해?"

"이 뒤 덤불 속에 숨기고 가자. 언젠가 사람들 눈에 발각되겠지만…."

"엄마, 그럼 어떡해."

"더 잘됐지. 우리는 어디론가 더 신나는 곳으로 이사 가면 돼. 사람들은 정신 차리겠지. 나쁜 짓 하다가는 죽는다. 인간들이란. 유한한 생명을 가져서 죽음을 미칠 듯 두려워한단다."

토리스 부인은 축 늘어진 남자를 번쩍 들어서 잔디밭 덤불 속에 홱 던졌다. 그러고 나서 주변의 CCTV를 살피고, 품에서 작은 레이저건을 꺼내 카메라를 향해 쏘았다. 카메라 렌즈가 피시식 불에 타버렸다.

"가자, 가미. 엄마는 하도 오래 인간들과 살아 카메라에 잡혀."

"엄마, 이러려고 그렇게 레이저건 사격 연습을 했던 거야?"

"이건 보통 총이 아니야. 강력한 파장으로 살상용으로 만든 거야. 가끔은 내 정체를 알고 죽이려는 인간들이나 하이브리드족들에게도 정말 유용하게 쓰이지."

"히이, 나도 한 자루 줘."

"안 돼, 가미. 위험해, 함부로 쓰다간. 넌 내가 지켜준다니까. 자 가자, 오랜만에 맛없는 피를 마셨더니 입맛이 쓰네. 집에 가서 스테이크 구워줄게."

"레어로 주세요, 어머니~."

"어이구, 예의 바르기도 하지. 알았어, 가미. 자 가자."

토리스 부인과 가미는 두 손을 활짝 펼쳐 들고 단숨에 밤하늘로 날아올랐다. 보름달이 둥실 걸린 하늘로 솟구치면서 전깃줄과 새들을 피해 하늘로 높이 날아 저 멀리 보이는 야산의 저택으로 도착해 정원 마당에 사뿐히 내려앉았다.

"엄마아아아~~ 에너지가 흘러넘쳐. 배고파."

"알겠어. 곧 구워줄게. 호호호호호호호, 오늘은 정말 아름다운 밤이로구나. 연애 프로그램 보면서 누가 누굴 픽할지 맞춰나 볼까?"

"우후후, 좋아 좋아."

월요일, 학교에 등교한 가미는 여느 때처럼 교과서 책을 보면서 공부를 했다. 저만치 앉은 채연과 이지와 소곤거리는 소리가 났다.

"그 남자 연락이 없어. 5분마다 사진 어쩐다느니 돈 보내라느니 했는데 이상해. 주말 동안 연락이 전혀 없어. 어떻게 된 거지?"

"잘됐어. 우리한테 그러다 다른 데로 관심 돌렸나 봐. 정말 큰일 날 뻔했는데, 후우."

"또 연락 오면 어떡하지? 그때는 신고할까?"

이때 가미가 천천히 여학생들에게 다가와 간식을 꺼냈다.

"오늘 우리 집에 놀러갈래? 이거 엄마가 구워주신 체리가 들어간 쿠키야, 먹어볼래?"

채연이 고개를 저었다.

"우리 오늘은 할 일이 많아서."

"그으래? 혹시 고민거리 같은 거, 사라지지 않았어?"

"그렇기는 한데, 어어? 가미야, 지금 무슨 말… 하는 거야?"

가미의 눈빛이 서늘하게 변하면서 채연을 뚫어져라 보았다.

'인간들은 참으로 은혜를 모르는구나. 너희들이 얼마나 살아봐야 은혜를 알까? 후후. 엄마가 464세고 내가 215세다, 이것들아. 얼굴은 이래도 청년 뱀파이어라고.'

채연은 긴장한 티를 내지 않으려고 고개를 끄덕였다.

"그, 그럴까. 이지야, 가미네 놀러가자. 집이 어디야?"

가미는 배시시 웃었다.

"걱정 마, 엄마가 이따 데리러 올 거야."

방과 후, 학교 정문에 벤츠 마이바흐 S클래스가 와서 섰다. 여학생들은 무슨 차인지는 몰라도 지나치게 고급스럽게 생긴 차가 앞에 서자 어리둥절했다.

"엄마."

운전석에서 기사가 나와 문을 열어주자 안에 토리스 부인이 환하게 웃으면서 손을 내밀었다.

"어서 오렴. 가미의 손님은 나의 손님이야. 우리 집에 가서 식사를 같이 하자꾸나. 오늘을 위해 특별히 일본에서 최고급 요리사를 모셨단다."

이지와 채연은 어리둥절한 채로 차에 올라탔다.

마이바흐가 멈춘 곳은 동네에 이런 곳이 있었나 싶은 부자촌의 한 저택이었다. 차를 멈춘 기사가 문을 열어주었다. 가미와 토리스 부인을 따라 내린 이지와 채연은 입을 다물지 못했다. 수많은 나무가 심어진 넓은 정원에, 비단잉어들이 헤엄치는 연못도 있었다. 정원에 가꾸어진 빨간 장미가 탐스러웠다. 아이들이 정원 꽃에 관심을 가지자 저편에서 정원사가 달려와 웃으며 인사했다.

저택 안에 들어서니 집사가 그들을 맞이했다. 메이드들이 인사하며 부인과 아이들의 가방을 받아주었다.

"배고프지? 우리 식사부터 할까?"

"다이닝룸에 셰프님들이 준비하고 계십니다. 이쪽으로 오시지요."

거실을 지나 다이닝룸에 요리 준비를 마친 셰프 4명의 모습이 보였다. 그들의 앞에 우아한 고급 식기들이 세팅되어 있었다. 토리스 부인이 아이들에게 테이블 앞 자리를 권했다.

집사가 대신 셰프들에게 일본어로 주문했다.

"셰프님께 맡기겠습니다(이타마에상니 오마카세시마스)."

초대받은 아이들은 일본어는 잘 모르지만, 집사의 '오마카세'라는 말은 제대로 들었다.

셰프들은 곧 에피타이저에, 고급 스시들을 잇따라 차려놓았다. 셰프들은 일본어로 오늘 만드는 음식에 대해 설명했고, 집사가 한국어로 통역해주었다.

"오늘의 특별 초밥은 비행기로 동해와 통영서 공수한 단새우와 학꽁치로 만든 초밥입니다. 새우는 간장에 살짝 스치듯 찍어 드시고, 학꽁치는 다시마로 쌈처럼 싸서 구운 소금에 슬쩍 찍어 드시면 감칠맛이 돕니다."

아이들은 히말라야 핑크 솔트, 페르시안 블루 솔트, 로즈마리 올리브유 등 전혀 듣지 못했던 식재료와 조리법에 대해 설명을 들었지만 기억에 남는 건 없었다. 어쨌든 고급스러운 각종 초밥, 우동, 튀김 등을 먹었다. 코스 요리가 몇 가지인지 세다가 하나하나 너무 맛있는 음식에 감탄해서 수를 잊어버렸다.

음식은 정말 맛있었지만, 채연과 이지는 지나치게 고급스러운 분위기에 긴장해서 먹다가 체할 것 같았다.

"음식이 참… 맛있네요. 근데 이제 배가 불러서요…. 저희 이만 가보겠습니다."

토리스 부인이 인자하게 웃으며 말했다.

"음식이 입에 맞는다니 다행이구나. 모자라면 더 달라고 말씀드릴게."

"이제 괜찮아요. 정말 맛있고… 배부르게 잘 먹었습니다, 아줌마."

"아줌마?"

갑자기 토리스 부인의 눈빛이 달라졌다. 채연은 갑자기 변한 토리스 부인이 무서워서 눈도 마주치지 못했다.

"채연이라고 했지? 한국 농부님들이 얼마나 고생하셔서 이렇게 쌀을 우리 입에 매일 먹을 수 있게 된 건데. 가미야, 너는 농부님의 수고로움을 알고 있지?"

"그럼요, 엄마. 농업인의 날은 빼빼로데이와 같은 날 11월 11일이라고요."

"채연아, 이지야. 우리 농부님들을 위해 조금 더 힘내자. 그리고 내일부터 가미와 같이 급식 먹어야 한다. 알았지?"

"네, 알겠어요⋯."

채연과 이지는 기어가는 목소리로 대답하고 밥을 마저 다 먹었다. 식사를 다 한 채연과 이지는 가방을 챙겨 들었다.

"왜, 더 놀다 가지?"

"학원에 가야 해요."

"그래? 그래도 잠깐 가미 방에는 한번 가보지 않을래?"

2층 계단으로 향하는 토리스 부인. 2층의 중앙에 바로 보이는 문을 열어주었다. 온통 핑크 소품들로 꾸며진 방이었다.

"이거 모두 명품 장인들에게 보내서 특별히 가미 스타일에 맞게 커스텀한 소품들이야."

"어⋯, 아⋯, 응⋯. 이건 알아. 샤넬이지?"

"맞아, 우리 같이 영화 보자."

채연이 도리질했다.

"이제 방 구경했으니 우리 가고 싶은데⋯."

토리스 부인이 단호하게 말했다.

"무슨 소리, 영화 보고 가야지. 옆방은 가미 전용 상영실이야. 자리에 앉으렴."

토리스 부인이 전등을 끄자, 어둠 속에서 지이이이 소리를 내며 대형 스크린이 내려오고 빔 프로젝터가 켜졌다.

"나중에요, 아주⋯ 가미 어머니. 저희 학원 시간 돼서요."

이번에는 이지가 말했다.

"그래? 하는 수 없지. 우리 기사님한테 태워다 달라고 얘기할게."

"아뇨, 내려가서 버스 타고 갈게요."

채연과 이지는 서둘러 집을 나섰다.

둘이 나간 걸 보고 토리스 부인이 말을 내뱉었다.

"예의 없기는! 저거, 저 냉혈한들! 뱀파이어 같은 년들!"

"엄마, 우리가 뱀파이어잖아."

"알아, 그런데 인간도 은혜 모르면 냉혈한이지. 쟤들 서클렌즈 껴서 눈도 우리보다 더 요상해. 흥, 내일도 저 채연인가 이지인가 저게 너 무시하고 밥 같이 안 먹으면 전화해. 내가 또 우리 집에 데리고 와서 뭐라도 먹여야겠다."

"뭐 먹이게?"

"몰라. 세계 3대 진미 코스는 너무 흔할까?"

"그만둬. 나 친구 만드는 거 구걸하는 것처럼은 안 할래."

"그래, 우리 딸. 갖고 싶은 거 말해. 다 구해줄게."

토리스 부인은 우울해하는 가미의 손에 핸드크림을 발라주면서 손 마사지를 정성스럽게 해주었다.

"우리 가미. 왜 이렇게 손 텄어."

"엄마, 그런 말 하지마. 가스라이팅 하는 거야? 나 손 안 텄어."

"가미, 엄마한테 그러면 안 되지. 내가 밥도 꼬박 차려주고 학교도 데려다주잖니."

"그럼 뭐해. 난 친구 하나 없는데. 200년 넘게 살아도 늘 외로워."

"걱정 마. 내가 알아서 할 테니까. 그리고 우리는 조선 시대부터 효 사상을 실천하는 걸 보고 배웠잖아. 뱀파이어라도 효도는 해야지, 가미야. 네 아버지는 조선의 명문가 종손이셨단다."

"알았어. 미안해, 엄마. 앞으로 효도할게."

"네가 행복한 게 효도하는 거야."

가미는 한숨을 살짝 쉬는 토리스 부인에게 안겼다. 토리스 부인은 가미의 머리를 부드럽게 쓰다듬어 주었다.

혼자가 좋아

채연과 이지는 무인 라면가게에 들어가서는 계산하지 않고 먹은 컵라면 쓰레기를 그대로 둔 채 나갔다.

"채연아, 그런데 여기 이렇게 하고 가도 될까?"

"괜찮아. 저 CCTV 망가진 지 오래야."

그때 가미가 매장 앞 골목에 나타났다. 벨벳 드레스 차림에 손에는 예쁜 연두색 선물상자를 들었다.

"어? 손가미, 뭐야? 깜놀했네."

"채연아. 너희들이 여기 학원 뒷골목 잘 오는 것 같아서. 이거 우리들이 친구된 지 100일이라 가져왔어."

"친구?"

"응, 말 트고 지낸 지 그렇게 됐어."

채연은 용기를 내서 목소리를 높였다.

"가미야, 솔직히 우리가 무슨 친구야? 너네 집 한 번 놀러간 것밖에 없잖아. 그것도 너네 엄마가 좀 무서워서 강압적으로 간 것 같아. 기분 더러워, 솔직히."

이지는 중간에 눈치만 슬쩍 살피다 한마디 던졌다.

"나도 채연이랑 같아."

"이거 유럽에서 수입한 과자와 초콜릿이야. 무인매장에서 몰래 먹는 것보다 나아."

채연이 가미의 말에 열이 받아 선물을 낚아채 확 땅에 던졌다.

"야, 네가 봤어? 네가 뭔데 남 일 참견이야? 우리가 거지야? 이딴 거 안 먹어! 너나 먹어. 이 괴물 끝판왕아."

가미의 얼굴이 살짝 실룩거렸다.

"네 눈빛이 시커먼 게 얼마나 무서운지 알아? 너네 엄마도 겁나 이상해. 너네 집 외국서 살다 온 거 아니지?"

가미의 입술이 떨렸다.

"그거 네가 올린 거야? 우리 학교 자유게시판에 '우리 반 괴물 끝판왕 손가미를 소개합니다.'라고, 내 눈빛이 기분 나쁘다고 조심하라고 했던 글 말이야."

"그래, 손가미! 왜 아니야? 맞잖아. 거울을 좀 봐. 너 정말 괴물 같아. 어딘지 싸하게 생겼다고! 얼굴 창백한 것도 도가 지나치잖아. 이렇게 밤에 갑자기 나타나면 사람들 놀라니까 집에나 있어. 뚱돼지처럼 너네 엄마가 준 음식 죄다 처먹으라고. 우리한테 강제로 먹으라고 식사라이팅이나 하지 말고!"

이지는 채연을 거들었다.

"그래, 채연이 말이 맞아. 우리한테 이러지 마."

가미는 숨을 거칠게 내쉬다가 입을 열었다.

"흥, 나도 더는 너희들 안 도울 거야. 혼자가 좋아. 뭐어? 나를 괴물 끝판왕이라고? 이것들이 화악!"

가미는 그대로 몸을 날려서 공중으로 날아올랐다. 벨벳 드레스 자락이 펄럭이면서 날렸다. 채연과 이지가 놀라 쳐다보는데 그대로 하늘서 내려와 그들에게 발차기를 날렸다. 퍽, 퍽, 퍽.

"이건 정신 차리라고 세 대 때린 거야. 너희들이 무인매장 턴 거 정확히 세 번이거든. 앞으로 정신 차리고 살아. 너희들 용돈 풍족히 받는 거 다 알아. 그런데 허튼 데 쓰고 이런 데는 함부로 절도하고 정신 차리라고. 이 가소로운 인간들아!"

채연이 쓰러져 있다 일어나 가미에게 덤비는데, 가미는 그대로 채연의 손목을 잡고 확 던져버렸다. 이지는 놀라서 덜덜 떨면서 보고만 있었다.

"야, 무릎 꿇고 빌어라. 괴물 끝판왕 본 모습 나오기 전에."

이지와 채연은 무릎을 꿇고 빌었다.

"미안해, 가미야. 그, 그냥 네가 무서웠어. 우리에 대해 뭐든 알고 있는 네가…. 그래서 그랬어."

"그래, 채연이 말이 맞아. 가미야, 용서해줘."

"이제부터 우리가 친구해줄게. 부디 용서해. 그 초콜릿 가져 갈게."

가미는 고개를 도리질치면서 땅바닥에 떨어져 있는 선물을 쾅쾅 밟아서 던졌다.

166

"됐어. 이제부터 무인매장 털기만 해봐! 오주미 선생님한테 다 말할 거야."

이지와 채연은 가미가 가라고 손짓을 하자 일어나 도망쳤다.

"이것들아, 나도 이제부터 솔로 플레이 할 거야. 혼자가 좋아, 혼자가 좋다고."

이때 마이바흐가 가미의 앞으로 스르르 와서 섰다. 기사가 내려서 문을 열자 토리스 부인이 부채로 얼굴을 가린 채 조용히 내렸다.

"손가미, 이리 와. 내 딸. 넌 누가 뭐래도 순혈 오리지널 피를 물려받은 귀족 뱀파이어야. 내 자랑스러운 딸 가미야."

"엄마, 엉엉."

"가미야, 이제 너도 점차 감정을 느껴가면서 사람이 되는구나. 진성한 친구가 생길 거야. 쟤네들은 그냥 가게 둬. 앞으로 얼마나 더 많은 날이 있는데."

"엄마, 엉엉엉…."

토리스 부인과 가미는 그렇게 차 안에서 부둥켜안고 울었다.

며칠 후, 가미와 토리스 부인은 반포역에 있는 뷔페 식당에서 자리를 안내받았다.

"지금부터 음식 가져다 드셔도 됩니다. 식사시간은 저녁 2부 타임을 위해 2시간을 준수해주세요."

"네, 알겠어요."

토리스 부인과 가미는 창가 커플석에 앉았다.

"가미야. 어서 음식 가져와."

"아니 어디 가자더니, 샐러드 뷔페를 먹자고?"

"응."

"엄마는 살코기 아니면 잘 먹지도 않으면서. 우린 뱀파이어잖아."

"쉬잇, 이제 네가 완연히 인간 세계 적응해야 인간 친구들이 생길 거야. 그들 서민 체험을 해보자고. 맨날 우리끼리 먹는 것도 재미없고. 엄마 손 봐봐. 요리하느라 다 텄잖아."

"흥, 요리사가 해주잖아요."

"가미, 그래도 엄마가 고르는 거야. 알면서. 자, 여기는 해산물이 많으니까 입맛에 맞는지 테스트해봐. 솔직히 오래도록 살면서 지금처럼 요리가 잘 발달된 때는 없었단다."

"왜, 중세 귀족이나 왕족 연회 자리 음식 이야기 많이 했잖아."

가미는 샐러드를 접시에 담아 왔다.

"솔직히 현대 한국 음식이 더 맛있단다. 그래서 나도 어떻게든 생혈과 생고기 먹는 걸 피하고 살 수 있는 거야. 정말로 급할 때는 범죄자들을 처단하면서 먹긴 하지만."

"그렇구나. 아, 맛있다."

"여기 홍게, 엄마가 껍질 다 발라놨어. 먹어봐, 가미야."

"음, 맛있어. 나도 인간들처럼 되어서 곧 친구 만들 거야."

"그래그래."

그들은 식사를 마치고 반포역으로 들어갔다.

"오늘은 기사님도 퇴근하셨으니 엄마랑 여기 지하에 있는 시장 구경하다가 택시 타고 가자."

"아니야, 나 지하철 타보고 싶어."

"그래그래."

엄청나게 줄지어 늘어선 지하 옷시장을 토리스 부인과 가미가 윈도 쇼핑을 하면서 걸어갔다. 알전구가 수도 없이 늘어진 천장에서 빛이 쏟아져 나오고, 각양각색의 옷들이 걸려 있었다.

"엄마, 이 잠옷 너무 예쁘다."

"정말 여기 말도 안 돼! 가미야, 너한테 어울리는 이 잠옷이 1만 원이라니."

토리스 부인은 지갑에서 현찰을 빼서 가미의 옷도 사고 자신도 스커트와 니트를 샀다.

"엄마도 인간들 학부모처럼 입어서 어떻게든 엄마들 모임에 나가볼게. 꼭 친구 만들어줄게."

"우리 이사도 그만 다니면 안 돼? 요즘은 성형 시술로 안 늙는 사람들 많다잖아. 안 들킨다니까?"

"알았어, 가미야. 시간이 지나도 늙지 않아 마녀로 몰릴까 봐 이사 다니는 버릇이 오래전부터 몸에 배었나 봐. 네가 싫으면 관두지, 뭐. 좀 들어줘, 가미."

토리스 부인과 가미는 두 손 가득 옷이 든 쇼핑백을 들고 지하철역으로 향해 걸어갔다.

미진단 희귀질환 세미나

세미나가 열리는 대학병원 대강당. 다인, 세경, 주미가 조용히 들어와 뒷자리에 앉았다. 중년 여성 강연자는 화면에 띄워진 PPT를 보며 프레젠테이션을 하고 있다.

"이처럼 다양한 희귀질환이 미진단으로 인해 그리고 희소성으로 인해 병명조차 모르는 상황이고 이로 인해 환우들은 국가 지원으로 치료받을 적절한 시기를 놓치는 현실이 안타깝다고 생각합니다. 이번에는 좀 특이한 미진단 질환 환자를 소개하겠습니다."

대형 화면에 환자의 얼굴을 가린 채 등 사진이 올라온다.

"22세 남자 환자로, 현재 대학생입니다. 햇볕에 노출되면 과도한 상흔이 생깁니다. 물집이나 흉터도 생기고요. 일광욕이 아니라 일반 노출된 정도로도 그렇습니다. 그리고 미진단 병이 생기고 난 후 거식증이 생겨서 식사를 잘하지 못합니다. 간신히 쇠고기 살코기 정도의 음식만 먹는다고 합니다."

청중 중 나이가 지긋한 사람이 손을 들었다.

"포르피리아증(햇빛에 노출된 부위의 피부가 화상을 입은 것처럼 벗겨지는 광과민증)이 아닌지요?"

"관련 검사는 했습니다만, 피와 소변에서 포르피린이 검출되지 않았습니다. 저는 진통제를 처방하면서 관찰 중입니다."

세미나를 지켜보던 주미가 갑자기 세경의 귀에 속삭였다.

"어허, 대박. 저분 전명구 한의사님 아니야? 듀이 암 케어 병원!"

세경이 놀랐다.

"맞는 것 같아. 옆모습이 거의 확실해."

주미는 앞줄로 조용히 이동해 전명구의 옆에 앉아서 조심스레 말을 걸었다.

"선생님."

"앗, 오주미 선생님. 여기는 웬일로 오셨어요?"

"그거야 우리도 환우니까 진료받다 다 같이 들어와 경청했어요. 뒤에 이세경, 주다인도 왔어요."

"그러시구나. 저야 서울에 일 보러 왔다가 관심 있는 주제라 신청해서 왔습니다."

세미나가 끝나고 전명구는 다인, 세경, 주미와 간단하게 이야기를 주고받았다.

"이렇게 세 분이 저희 병원에서 치료를 받고 건강하게 만날 수 있어 무척 다행입니다."

다인은 전명구를 의심스러운 눈초리로 보았다.

'병원에서 우리들이 완치된 대신 뱀파이어가 되었다는 걸 짐작이나 할 수 있을까.'

함부로 그를 떠볼 수는 없는 일이었다. 그랬다가는 자신들의 정체가 들통이 나니까. 전명구는 일이 있다고 세미나장을 떠났다. 세경은 한 무리의 사람들과 어울리다 다인과 주미를 손짓으로 불렀다.

"여기 세미나에 참석한 분들과 대화를 나누다가 흥미로운 지점이 있어서 너희들을 부른 거야."

다인과 주미도 세경 옆에 앉아서 참석자들이 나누는 대화를 들었다. 20~30대의 청년들이 활발하게 이야기를 나누고 있었다. 세경이 대화에 끼어들었다.

"그러니까 프리A 클럽인가에서 만난 사람이 주는 약을 계속 먹으면 그 증상이 완화돼 학교를 계속 다닐 수 있었다는 거죠?"

대학생으로 보이는 남자가 대답했다.

"네, 맞습니다. 아까 의사 선생님이라고 하셨죠? 친구분들도 의사신가요?"

"저는 의사지만 이분들은 아닙니다. 하지만 모두 관련 업계에서 이 부분을 조사하고 있습니다."

남자 대학생은 얼굴에 수심이 가득한 채 말을 이어나갔다.

"그러니까 말씀드리는데요. 정말 이상해요. 난치병에 걸리고 나서 몸이 쇠약해졌죠. 인터넷으로 백방으로 치료법을 알아봤는데 온라인 카페에서 프리A 클럽에 나오랬어요. 약속을 잡고 카페 운영진을 만났죠. 신기하게 그 사람에게서 약을 받아먹고서 정기검진에서 상태가 호전됐어요. 그런데 이상하게 육회나 선지 같은 음식을 미친 듯이 먹게 됐습니다. 원래는 비릿한 것을 싫어하고 모델을 지망해 다이어트 하느라 잘 먹지 않았거든요. 이상하죠? 참, 게다가 친구들과 언성 높이거나 심지어 술 먹다가 눈빛 마주친 사람과 싸운 적도 있어요. 전 그런 거랑 거리가 멀었는데, 친구들 말로는 제가 포악해졌다고 그러더군요. 이럴 수가 있나 싶습니다."

세경은 고개를 끄덕이면 안심시켰다.

"육체의 병이 심리에 영향을 미치느냐 물어보신다면 그간 만난 환자나 임상 경험을 통해 저는 '예스'라고 답합니다. 그리고 저희 고모 말씀도 그렇고요."

"고모 말씀요?"

"네. 고모부님이 부정맥으로 인공심장박동기를 다셨는데 그 후에 성격이 조급해지고, 호전적인 성격이 되셨다는 거예요. 그리고 암에 걸린 환우는 긍정적이고 낙천적인 사람도 우울감을 느끼죠. 건강한 몸이 건강한 정신을 만드는 법이니까요."

남자 대학생이 세경에게 말했다.

"그렇군요. 혹시 저의 병을 선생님이 고쳐주실 수 있을까요? 지금 진료 보시는 선생님은 진통제와 안정제를 처방해주시는데 차도가 없습니다. 그렇지만 클럽 가서 얻은 약을 계속 먹을 수는 없잖아요. 클럽에 가서 샴페인을 얻어 마셔서 이상한 일도 있었다는 소문도 있거든요. 웬만하면 그 클럽과 엮이고 싶지 않아서요."

세경은 고개를 저었다.

"진료 보시는 병원에서 치료를 받으셔야죠. 저는 현재 소속된 병원이 없어요."

다인이 대학생에게 진지하게 물었다.

"클럽에서 건넨 샴페인에 약이 타져 있다고요?"

이번에는 다른 여자가 울상이 되어 입을 열었다.

"헛소문 아니고 말 그대로예요. 사실 저도 인터넷 카페에서 희귀
병 관련된 정보를 준다기에 그 클럽에 계속 가서 카페 운영진들을
만났거든요. 그런데 누가 골든벨 울리고 쏜다기에 샴페인을 얻어서
마셨는데, 그 술을 먹고 다음 날부터 몸이 너무 안 좋았어요. 그래
서 정말 걱정돼서 마약인가 싶어 병원 가서 약물 중독 검사도 했는
데 마약 성분은 검출 안 됐습니다."

다인이 진지하게 물었다.

"저 혹시 그 인터넷 카페 매니저 이름이 혹시 '다다익선'인가요?"

"헉, 맞아요. 미진단 환우들이 자주 가는 포털 카페 매니저죠. 그
리고 아까 저분이 말씀하신 것처럼 클럽과 다다익선 카페지기가 꼭
연관되어 있는 것 같아요. 약속을 그 클럽에서 보통 잡기도 하거든
요. 자기는 EDM 음악을 좋아한다면서요."

다인이 물었다.

"그 프리A 클럽이 어디에 있죠?"

여성은 다인에게 포털을 열어 클럽 위치를 보여주었다.

하이브리드 뱀파이어
유춘시

　힙합 음악이 울리는 클럽 안. 화려한 차림의 남녀가 어우러져 춤을 추는 가운데 테이블을 잡고 돔 페리뇽을 서비스받는 한 남자. 블루블랙의 머리에 하얀 피부, 그리고 턱선이 칼날처럼 날카롭다. 아름다운 차림새의 여성들이 다가오지만, 남자는 쳐다도 보지 않았다.

　마약상이 접근해 약을 권하지만 남자는 비웃었다. 마약상은 화가 나서 테이블을 뒤엎었다. 남자가 마약상의 멱살을 잡고 얼굴을 가까이 마주 했다. 남자는 날카로운 이를 드러내고 순식간에 눈에는 핏발이 선 사나운 야수가 되어 으르렁대다가 마약상을 그대로 던져버렸다. 주변의 사람들이 비명을 지르면서 피하자, 남자는 다시 조용히 자리에 앉아 음악을 즐겼다.

　잠시 후 테이블에 한 여성이 다가와 자리에 앉는다. 가발을 쓰고 변장을 한 세경이다. 블루블랙의 머리를 한 남자가 환하게 웃었다.

"반가워요. 다다익선입니다. 클럽을 좋아한다기에 제가 아는 장소를 잡았는데 좀 요란하군요."

긴 생머리에 하얀색 미니 원피스를 입은 세경이 살포시 웃었다.

"그게, 시한부를 선고받다 보니 이런 데를 거의 안 와봐서 오고 싶었어요."

"그렇군요. 머릿결이 참 탐스럽습니다."

"아, 항암으로 머리가 빠져서 다 밀고 가발을 장만한 거예요. 다다익선 님."

"아하, 그러시군요. 제가 도와드리겠습니다. 저도 시한부 선고받았지만 보다시피 이렇게 건강하잖습니까?"

세경은 다다익선에게 접근해 병에 관한 상담을 긴밀하게 했다.

다다익선을 불러낸 세경이 그를 상대하는 사이, 다인은 클럽 구석에서 그들을 살펴보고 있었다. 다인도 클럽에 어울리는 섹시한 복장으로 위장했다. 세경이 화장실 다녀온다고 하면서 다인에게 몰래 다가왔다. 다인은 세경에게 다다익선이라는 의문의 남자에 관해 물었다.

"저 남자가 자신이 다다익선이라고 그래?"

"응, 그렇대. 말해보니 내 병에 관해 해박한 지식도 있어. 그런데 변사자들과 저 다다익선 아이디의 남자가 메시지를 주고받은 흔적이 있다는 거지?"

"응. 내가 수사한 바로는 그래. 그리고 다 말기 환자였고, 2명이 사망했어. 나는 아무래도 정체가 드러날 위험이 있어 너에게 접근하게 하려고 같이 온 거야. 세미나에서 만난 환자들도 이 클럽에서 수상쩍은 사람들을 만났잖아. 우리는 다다익선과 이 클럽을 같이 조사하는 거지."

"그래도 여긴 너무 시끄럽고 번잡한 데야."

다인이 고개를 저었다.

"이상해, 존 듀이 병원서 치료받고 나서 성격이 변했어. 혼잡한 거 요란한 거에 시선이 가고, 또 음…."

세경이 말을 가로챘다.

"남자 엄청 사귀고 싶지? 나도 안 그랬는데, 갑자기 아이돌들이 너무나 멋지고, 남친도 사귀었으면 하고 그랬어. 사실 지금 만나는 사람도 있어…."

다인은 부끄러워하는 세경의 말에 그녀의 등을 치면서 격려를 해주었다.

사실 다인은 밤마다 꿈에 존 듀이와 사랑을 나눈다는 걸 아무에게도 말하지 않았다. 부끄러웠다. 그는 천년을 산 오리지널 뱀파이어다. 비록 자신에게 새로운 생명을 주었지만, 뱀파이어로 변하게한 자다. 다인은 이것도 저것도 선택할 수 없는 인생이 괴롭지만, 지금은 형사로서 직분에 충실할 뿐이다.

"다인 형사. 저 남자 나간다. 나 가볼게."

세경은 다다익선에게 다가가 접근했다. 남자는 세경이 마음에 드는지 손을 붙들고 앞장을 섰다. 다인은 세경을 이끌고 무대로 향하는 남자를 조용히 따라갔다. 남자는 인파를 거칠게 밀치면서 무대에 올라서 요란한 조명 아래 절도 있는 동작으로 왁킹을 추었다.

블루블랙의 머릿결이 물결처럼 흩날린다. 남자는 아이돌처럼 춤선이 날렵하고 화려하다.

세경도 춤을 추는데, 남자가 갑자기 순식간에 세경의 목덜미를 잡고 그대로 무대 아래로 던졌다. 비명이 들리고, 남자는 무대 아래로 뛰어내려와 클럽 뒤쪽으로 달려갔다. 인파들이 우왕좌왕하는 가운데 다인이 넘어진 세경을 일으켜 세우고 남자를 뒤쫓았다. 남자의 얼굴이 하얗게 되고 송곳니가 길어지면서 핏줄이 얼굴과 손에 튀어올랐다. 바로 유춘시다! 유춘시가 암 줄기세포를 배양한 세포종을 주입받아서 기운을 되찾고 활동에 나선 것이다.

다인과 세경은 클럽의 홀을 지나 뒤쪽 좁은 복도로 달려가는데 섹시하게 꾸미고 웨이브가 있는 긴 머리를 늘어뜨린 여자들이 그들 앞을 긴 다리로 가로막았다.

"안녕, 언니들~ 나 기억 안 나?"

세경이 화들짝 놀란다. 세경과 다인은 잠시 뒤로 물러났다.

"아니 저 여자, 방소연 간호사 아냐? 듀이 병원 간호사."

다인의 눈이 커졌다.

"다키니들이 뭔가 냄새를 맡고 온 거 아닐까?"

"냄새?"

"응. 저 요괴들은 유흥과 인육을 좋아해. 무언가 먹을 게 있으니까 온 거야."

세경이 다인을 직시하며 말했다.

"아니면, 다키니들이 첩자로 일하고 있는 거야."

"스파이?"

다키니가 소리 높여 웃었다. 깔깔깔깔 고성의 웃음이 울리다가 음악 소리에 묻혔다. 다키니들이 복도를 뒤돌아서 마구 달려나갔다. 클럽의 뒷문을 열고 나가는 다키니들. 다인 일행도 뒤따라 나갔다.

다키니들은 눈빛을 오묘하게 빛내면서 그르르 대며 기다란 손톱을 그대로 세워 공격 자세를 취했다. 다키니 방소연이 쇠사슬을 던져 다인의 몸을 감아 당겼다. 다키니는 그르르르르르, 기괴한 소리를 내면서 다인을 잡고 귓가에 속삭였다.

"감히 나한테 함부로 덤벼? 네가 아무리 뱀파이어가 됐어도 난 인도에서 건너온 여신이라고. 그르르르르르르…. 유춘시 님은 너희들이 상대할 분이 아니야."

"유춘시? 다다익선 매니저 말하는 거야? 아까 블루블랙 머리 남자!"

"그르르르르…. 이름도 함부로 올리지 말라고 했다. 죽어!"

이때 세경이 메이스를 꺼내 다가가 뒤로 접근했다. 방소연의 등을 메이스로 거세게 때렸다.

"으아아악!"

완벽하게 다키니로 변신한 방소연이 다인을 풀어주자, 다인은 품에서 삼단봉을 꺼냈다. 다인은 삼단봉으로 다키니의 어깨와 팔을 후려쳤다.

"다키니들과 유춘시의 관계를 말하지 않으면 여기서 죽는 거야!"

"후하하하하하하. 난 다키니라구. 이것들아~."

방소연이 휘파람을 불자, 갑자기 골목 여기저기서 미니스커트와

크롭톱을 입은 여성들이 어슬렁거리면서 흡사 좀비처럼 다가왔다. 한 명은 가로등을 타고 오르고, 다른 한 명은 다인에게 덤벼들 듯이 날카로운 앞니를 보이면서 으르렁댔다.

"세경, 내 뒤를 엄호해. 내가 먼저 친다."

다인은 배낭에서 쌍검을 빼들었다. 특별하게 다시 업그레이드로 주문 제작해 만든 강철검이다. 강원도 정선에서 생산된 철광석을 2000도로 녹여서 불순물을 제거하고 볏짚과 황토 유약을 묻혀서 화로에서 달군 후 쇠를 직접 사람이 두드려가면서 만든 전통 장인 방식으로 제작한 검이다. 세경이 든 메이스도 마찬가지다.

"그르르르르. 오늘 뱀파이어 맛 좀 제대로 볼까나. 후하하하하. 다들 알지? 인간에서 뱀파이어가 된 종족을 맛보면 회춘한다는 걸. 오늘 포식하자고."

이때 클럽 뒷문이 열리면서 엄청난 덩치의 가드들이 나와 이들의 싸움을 말렸다.

"누나들, 클럽 잘 놀러와 이게 무슨 행패야?"

"넌 꺼져."

다키니가 가드에게 그대로 달려들어 넘어뜨리고, 긴 손톱을 목에 꽂고 물어뜯었다. 비명이 난무하는 가운데, 다인에게 다키니가 달려들었다. 다인은 오른손에 든 검을 쥐고 그대로 날렸다. 삽시간에 혈투가 벌어졌다. 접전 끝에 세경과 다인이 다키니들에게 밀리는데, 갑자기 으라라차차 소리가 요란하게 들리면서 주미가 하늘에서 내려왔다.

"미안, 늦었지? 아이들 야자 감독하고 오느라. 쏘리."

주미는 숄더백에서 도끼를 꺼내서 미니스커트를 입은 다키니의 다리에 그대로 날렸다. 다키니는 다리에 상처를 입었지만, 곧 상처가 아물었다.

"이럴 수가. 재생력이 대단한데?"

"그르르르르르. 너희들 지금 조사하는 걸 그만둬. 그럼 놔준다구. 그르르르르."

"왜 다키니들이 이 연쇄살인범의 뒤를 봐주는 거야? 관계가 뭐냐고!"

다인은 그대로 쌍검을 곧추세우고 허공으로 날아올라 아래로 하강하면서 방소연의 얼굴과 목에 칼날을 살벌하게 들이댔다.

"아무리 재생된다 해도 얼굴은 똑같이 재생되지 않는 걸 알고 있지. 가장 느리게 재생된다는 것도. 얼굴에 상처 나기 싫으면, 어서 말해."

방소연이 두 손으로 다키니들을 만류했다. 모두 세경과 주미를 공격하는 걸 멈추었다.

"어, 어떻게 알았지? 우리들은 얼굴이 약점이라는 걸!"

"너희들은 성형을 받아서 지금의 볼륨감 있는 얼굴로 된 것일 테고, 원래의 상태를 파괴하고 필러나 보톡스를 맞았으니 당연히 재생이 더딜 거 아냐. 필러나 보톡스가 세포들 사이를 가로막고 있으니까!"

다인의 말에 방소연은 하는 수 없다는 듯 날카로운 손톱을 거두고 다인에게 항복했다.

"우리는 지금 유춘시와 계약을 했어."

"그렇다면, 암 환자들을 꾀어내 죽이는 자가 유춘시야? 뱀파이어 하이브리드족?"

"맞아. 그리고 우리는 유춘시의 부하들이야."

"이유가 뭐야? 암세포로 듀이 박사가 원하는 그런 수명이 단축되는 결말을 원하는 거야?"

"아니. 그 반대. 암세포의 독성을 이용해서 더 강한 하이브리드족이 되어서 인간을 지배하고 듀이 같은 오리지널 순혈 뱀파이어들도 모두 멸종시키는 거야. 하이브리드족은 지구의 절대 지배자가 되고 싶어한다고. 듀이 병원서 일을 한 것도 스파이로 거기의 정보를 빼낸 거야. 어차피 듀이 박사도 눈치는 채고 있던 것 같지만…."

세경이 물었다.

"아니, 대체 무엇을 위해서? 그리고 이미 강력한 힘을 가지고 있잖아."

방소연이 고개를 저었다.

"그 정도가 아니야. 지금은 뱀파이어들이 인간들의 쪽수에 밀리고 세상에 드러나 관심을 받고 쫓기는 걸 원치 않아 어둠 속에 살지만, 곧 더 큰 힘을 얻어 세계를 지배할 강력한 권력을 가질 거야. 궁극적으로 밝은 세상에서 지배자가 되는 게 하이브리드들의 목표야. 순혈들이 조용히 인간들을 피해 공생한 것과 완전히 반대지. 하지만 지금은 힘이 약해. 인간들이 만든 강력한 살상 무기들을 이길 힘을 키우는 중이야. 핵무기도 이길 파워를 말이야."

갑자기 방소연이 긴 손톱을 세워 다인의 뺨을 할퀴고, 다인이 주춤하자 얼른 빠져나왔다. 다키니들은 방소연이 물러서자 뒤로 물러나 주춤거렸다. 방소연은 이어 말했다.

"그르르르르. 그들을 조심해. 인간을 나약하게 만드는 마약, 술과 여자들, 명품과 돈이 그들의 무기야. 그리고 도박 같은 사행성 게임으로 인간들을 홀리고 이용하고 원하는 정보를 얻고 죽이지."

"그래서 그렇게 현금수송차를 털고 인간을 가두고 가게를 점령하고 명품 매장을 터는 거야?"

다인의 말에 방소연은 비릿한 미소를 띠었다.

"그건 아무것도 아니야. 곧 그들이 병원 인력들을 지배하는 날에는 모든 인간들은 하이브리드족이 만든 약에 중독될 거야."

"마약 같은 거?"

"그 정도가 아니야. 인간들을 그들의 발밑에 복종하도록 세뇌하는 약이 될 거야. 그 약을 먹으면 난치 질환을 치료하면서 동시에 뱀파이어의 하수인 사역마가 되는 거지."

이때 세찬 밤바람이 불면서, 무언가 불길한 기운이 골목을 회오리바람처럼 감도는데, 방소연이 다키니들과 함께 골목을 달려나갔다. 다키니들은 장애물들을 휙휙 뛰어넘으면서 사라져버렸다.

다인은 뺨에 흐르는 피를 손바닥으로 닦았다. 아까 방소연이 손톱으로 상처를 낸 것이다.

상처가 점차 아물어갔다.

"주미, 어떻게 알고 있었어? 방소연과 다키니들이 우리를 덮칠 걸…."

"듀이 병원에 전명구 한의사에게 전화했어. 혹시 최근에 병원을 관둔 직원이 있는지. 분명히 서울서 우리를 미행하고 방해하는 자가 있다면 듀이 병원서 따라붙은 게 아닐까 궁금했지. 방소연 간호사가 관뒀는데 이직한 데를 모른다는 거야. 그래서 혹시나 해서 와 봤어. 클럽에 다키니들이 몰려 있을 것 같았어. 한 마디로 쪽수가 모자라면 당할 수 있잖아."

주미가 고개를 갸웃했다.

"그런데 다키니들은 안 늙잖아. 왜 여기서 성형을 해서 필러를 넣었대?"

세경이 후하하 웃었다.

"모르겠어? 드라마틱한 얼굴. K-성형 트렌드를 따라간 거지. 아무리 인도 신이라고 해도 한국서 한국의 트렌드를 따라가야 하는 걸. 역시 한국은 성형과 시술 강대국이야. 뷰티 트렌드는 세계 1위라고."

듀이 박사와의 데이트

　나인은 오늘 비번이다. 아점을 먹고 헬스클럽에서 가서 운동을 간단하게 마치고 샤워를 했다. 집에 돌아와 화장대에 앉았다. 얼굴에 공들여 파운데이션을 바르고, 볼터치와 섀도우를 살구색으로 연하게 했다. 옷은 페이크퍼 질감의 반팔 니트를 입고, 광택이 은은하게 나는 샤틴 스커트를 입었다. 발목까지 올라오는 부츠를 신으니 제법 차려입은 듯했다.

　듀이가 올라온다고 했다. 그는 유춘시가 서울에서 저지르는 연쇄살인 등의 범죄를 막기 위해 다인과 공조를 하기 위해. 다인은 간밤에 꿈에 인큐버스가 찾아왔다. 서로의 몸에 터치하고 부드럽게 끌어안고 키스를 했다. 무척 부드럽고 나긋나긋한 느낌이었다. 남자의 등을 끌어안는데, 날갯짓이 느껴졌다. 다인은 놀라서 눈을 떴다. 듀이였다. 그리고 바로 꿈을 깨고 일어났다.

다인은 고개를 저었다. 뱀파이어로서 새로운 생을 살다보니 별 헛된 꿈을 꾸었는가 싶었다. 삼청동에 있는 와인바에 도착하니 저녁 7시가 조금 지나 있었다. 선남선녀가 앉아 있는 화려한 인테리어의 와인바에는 코지팝의 'Movin' On'이 흘러나오고 있었다.

듀이가 다인을 보고 위스키 잔을 들고 눈인사를 했다. 그는 슈트에 얇은 베이지 트렌치코트를 걸치고 있었다. 그는 중절모를 벗어 테이블에 두고 바텐더에게 위스키 한 잔을 주문했다. 듀이의 앞머리가 약간 흐트러져 이마에 내려와 있었다.

"의외네요. 뱀파이어들이 이런 와인바를 좋아하다니요."

듀이가 다인의 말에 웃었다. 그는 다인이 원하는 논알콜 칵테일과 나초를 시켰다.

"나한테 농담하는 사람은 오랜만이군. 정확히 위스키를 좋아하는데, 여기가 지금 묵는 한옥 호텔하고 가까워. 주 형사도 뱀파이어가 되고 나니 좋아하던 취향이 바뀌던가?"

다인은 쿡 웃었다.

"아시면서요. 채식을 좋아했는데, 이제는 살코기 없이는 잠 못 듭니다."

"정 참기 어려우면 병원에 들러. 억제제를 놔줄 테니까."

"그 정도는 아니고요. 유춘시에 관해 듣고 싶습니다."

듀이는 고개를 끄덕였다.

"인간들과 공존하는 게 우리 종족의 오랜 목표이고, 웬만해서는 교류도, 적당히 피해를 끼치는 것도 알아서 조용조용 하도록 애써 왔지. 최근에 하이브리드족들이 그 모든 걸 깨려고 해. 그리고 우리 정체가 세상에 드러나면 인간들은 선전포고를 하고 씨를 말리려 하겠지. 유춘시를 빨리 잡아 어디엔가 가둬두는 게 인간과 우리 순혈족들의 공동 목표라 하면 믿겠나?"

"글쎄요, 하지만 그래도 나를 돕겠다는 의지는 높이 살게요. 도와줘요."

"나가서 좀 걷지."

가로등과 네온사인 간판이 환하게 비추는 삼청동 한옥 거리를 듀이와 다인이 나란히 걸어내려갔다. 환하게 웃는 사람들이 길을 오갔다. 외국인 관광객도 많았다.

"중세 유럽에는 어둠이 있었지. 종교로 사람들을 억누르고 여성들을 마녀로 몰아 화형시키고 재산을 빼앗았어. 그 세월에 나는 은둔으로 몸을 낮추고 조용히 살았고. 그게 살길이니까…. 사람들을 많이 도울 수 없었지. 나야말로 진정한 괴물이었으니까."

다인은 잠자코 들었다.

"하지만 이제는 우리에 대해 다루는 게임이나 영화는 수도 없이 많아. 심지어 영화 '트와일라잇'에서는 아주 매력적인 존재로 만들어났지."

"듀이 박사님은 어떠신데요?"

"감정 없는 뱀파이어는 아니야. 하지만 혈기왕성한 나이도 이미 한참이나 지났고. 이제는 죽고 싶은, 그래서 암세포를 이식하는 연구를 하는 그런 단계지."

"왜 죽고 싶은 거죠?"

듀이는 심각한 얼굴로 다인을 직시했다.

"당신들이 살고 싶은 이유와 정확히 같아. 당신들은 유한한 생을 안타까워하지만 난 무한한 생을 안타까워해. 그 세월간 사랑하는 인간 여성을 잃었고, 그 사이에 난 아이를 잃었고, 숱한 아픔과 괴로움을 느끼고 무료함, 무상함을 억겁으로 느꼈어."

"아까는 중세 시대에는 숨어서 살길을 찾았다면서요. 그건 무슨 말이죠?"

"내가 나서서 뱀파이어들의 정체가 드러나면 주변의 친구 귀족들, 하인들, 집사들 내 주변의 신뢰하던 사람들, 사랑하던 사람들은 모두 인간들이 몰살시켜 버리니까. 내 정체만 드러나지 않으면 별 탈이 없으니 그렇게 하는 게 모두의 살길이지. 지금도 숨어 사는 것이고."

"인간들을 어떻게 돕겠다는 거죠? 유춘시는 당신도 힘들어할 정도의 힘을 지닌 하이브리드잖아요."

"따라와."

듀이는 주차장으로 들어갔다. 그는 검은색 벤틀리 운전석에 올라타고 다인은 조수석에 탔다.

"우리 뱀파이어는 중세 시대에도 가장 좋은 마차를 탔지. 전통이니 부담 갖지 마시고 즐겨."

듀이는 시동을 걸고 도로로 빠르게 질주해 나갔다. 퇴근 시간이 지나 도로에 차가 별로 없었다. 듀이는 남산터널을 지나서, 북악스카이웨이를 달려나갔다. 밤하늘 아래 수은등이 고적한 스카이웨이를 비추는 가운데, 반사경에서 불빛이 반사돼 눈을 부시게 했다.

다인은 어둠 속의 고불고불한 고갯길을 절묘한 핸들링으로 운전해나가는 듀이의 옆모습을 보았다. 정말로 고전 영화 속 미남자 같았다.

이마를 슬쩍 덮는 갈색 머리, 우수에 어린 눈빛 그리고 높은 코와 굳게 다문 입매는 1930년대의 영화 주인공이었다. 어디로 가는 건지 물을 수 없는 무게감이 있는 분위기였다. 벤틀리는 서울타워 주차장에 섰다.

"내려요."

서울타워 쪽으로 올라갔다. 듀이는 재빠르게 고갯길을 올랐다. 타워로 가는 길에 수많은 연인이 남긴 자물쇠들이 걸려 있는 게 보였다.

"후후, 이것만큼 찰나의 아름다움 같은 게 있을까."

"네?"

"인간들이 여기다 자물쇠를 꽁꽁 걸고 이름을 새기고 사랑을 맹세해. 과연 얼마나 결혼하고 여전히 사랑하고 있을지 궁금하지 않나? 인생의 덧없음이여. 그건 살아본 자들에게만 주어지는 선물 같은 것이니."

듀이가 시를 읊듯 말했다.

"그래도 연인들이 자물쇠를 걸었던 시점에는 정말 뜨겁게 사랑했잖아요."

"주 형사, 아니 다인 씨는 아직도 사람의 감성을 지니고 있군. 뱀파이어가 되었지만. 하지만 알아둬요. 세월이 흐르고 자신은 그대로 젊은 얼굴로 나이든 인간 친구들과 가족들을 볼 때의 그 마음은 정말로 덧없음을 이해하게 될걸. 당신은 젊은 얼굴과 체력으로 세월이 흐른다지만, 당신의 친구들은 결혼하고 노화하고 자녀들 교육에 신경 쓰면서 나이를 들겠지.

다인 씨는 여전히 젊은 얼굴이지만 정신은 나이가 들게 될걸. 당신 체력에 맞는 새로운 친구? 후후. 그건 당신이 국적, 신분, 직업을 바꾸어 새롭게 젊은 나이로 설정하고 살 때나 가능하지."

"그럼 뱀파이어들은 어떻게 사는 거죠? 대체?"

"모두 이사 다니고, 친구와 가족을 버리고, 숨어서 살고, 신분증을 바꾸고 새 이름으로 거듭나지. 우리들의 숙명이고. 듀이 병원의 설립자는 바로 나였어. 할아버지가 아니라."

다인은 순간 깊은 슬픔을 느꼈다. 가슴이 아렸다.

"여기, 고개를 숙이고 들어와. 천장이 낮아."

듀이는 서울타워를 지나쳐 어둠 속 숲속으로 들어갔다. 다인은 우거진 나무들을 손으로 헤쳤다. 다인은 그를 놓치지 않기 위해 재빨리 따라갔다.

듀이는 아가리를 벌린 동굴 앞에 멈춰섰다. 아주 깊어 보이는 동굴이었다.

'이런 데가 있었나?'

다인은 잠시 생각했지만 듀이를 놓치지 않기 위해 동굴로 따라 들어갔다. 큰 키의 듀이는 몸을 낮추어 트렌치코트가 바닥에 사각사각 소리를 내면서 끌렸다. 동굴 안은 깊었다. 끝도 없이 어둠으로 한참 들어가자, 벽면에 환한 전등이 달려 있고 줄줄이 늘어선 LED등이 보였다. 그들은 안쪽으로 깊이 들어갔다.

"앗!"

넘어지려는 다인을 듀이가 끌어안았다.

"조심해. 내 손을 잡아. 어둠 속에서 뱀파이어들은 더 환한 시야를 지녀. 솔직하게 나도 여기에 있는 브라운 박사에게서 햇빛을 이겨내는 방법을 전수받고, 빛을 쳐다볼 수 있는 동공 수술을 받지 않았으면 주간에 적응 못 했어."

"브라운 박사요?"

"그의 나이가 어느 정도일지는 감이 안 오지. 페르시아 때부터라는 말도 있고. 바로 앞에 석순이 있어. 조심해."

"고마워요, 듀이 박사."

안쪽에 불빛이 환하게 나오는 공간이 있었다. 들어가보니, 너른 터에 온갖 기계들과 실험도구들이 가득한 공간이 나왔다. 다인도 국과수에 가서 보았던 적이 있는 유전자 증폭기 등의 기계도 있었다.

"이게 다 뭐죠?"

이때 부스럭거리는 소리가 나면서 기계 뒤에서 죽은 쥐를 들고 나오는 하얀 머리가 성성한 남자가 있었다. 나이는 60대 정도로 보였는데, 작은 체구에 하얀 가운을 입고 있었다.

"아니, 원심분리기가 말을 안 들어서 살펴보니, 이게 들어가 있었던 거야. 어서 와, 듀이. 올 줄 알았지."

"브라운 박사님."

듀이는 반갑게 브라운을 껴안았다.

"여전하시네요."

"뱀파이어에게 그 말은 결례지. 나야말로 죽는 걸 포기하고 이제 세상과 단절하고 이렇게 살잖아. 하이브리드들이 이렇게 설치는 걸 막아야 우리가 인간과 공생할 수 있어. 아니, 옆에 분은 누구신가? 자네 설마 또 결혼하려고?"

"저는 강동경찰서 강력계 형사 주다인이라고 합니다."

"아, 유춘시가 연쇄살인을 저지르면서 인간들의 암세포를 수집한다더니."

"네, 맞습니다. 브라운 박사님."

다인은 명쾌하게 답했다.

"주 형사님에게 하이브리드들의 음모를 알려야 할 것 같아 모시고 왔습니다."

브라운이 고개를 저었다.

"이분은 인간이 아닌가."

"듀이 박사님의 치료를 받아 말기 암을 이겨냈지만, 인간과 뱀파이어의 중간 단계에 서게 되었죠. 걱정 안 하셔도 됩니다. 비밀을 지켜드릴게요."

"흐음, 그렇다면야 말을 하겠네. 내 나이가 몇인지 감도 안 올 테니, 한국식대로 말은 놓겠어."

"네, 그러세요. 브라운 박사님."

"주 형사. 이게 뭔지 알겠어?"

브라운은 실험대 위에 있는 플라스크를 들어서 보였다. 안에 하얀색 액체가 들어 있었다.

"글쎄요."

"이걸 증발시키면 이처럼 하얀 가루가 되지."

그는 작은 유리병 속의 하얀 가루를 가리켰다.

"혹시 마약인가요?"

"인간들의 뇌 작용을 변하게 한다는 점에서 비슷한 작용을 하지. 마약이 뇌에 엔돌핀, 도파민을 마구 만들어 극한의 쾌락을 맛보게 한다면, 이 모루나 약은 인간을 뱀파이어들에게 복종시키게 만들어."

"네?"

"처음에 모루나 약을 복용하면 집중력이 높아지고, 행복감이 높아지면서 마음이 안정되지. 하지만 점차 복용 강도가 세지면서 고압 전류가 뇌의 회로를 망가뜨리듯이 단번에 전두엽 기능을 상실하게 해. 술과 담배, 그 어떤 마약보다 속도가 빠르고 강도가 세지. 그리고 지능이 상실된 인간은 자신보다 체력적 힘이 강한 존재에 대한 두려움이 커지면서 무조건적인 복종을 해. 그리고 당장에 신체적 질병의 발현을 더디게 만들어. 즉 암에 걸린 자도 이 약을 먹으면 종양이 더 커지지 않아. 그래서 인간들은 하이브리드들에게 복종하지. 병이 나아지는 걸 체감하니까."

듀이가 끼어들었다.

"그것보다 모루나 약을 구하기 위해 더욱 복종한다는 게 맞겠죠."

"지금 그 약이 나와 있나요?"

다인은 휴대전화로 검색을 하려 했지만 와이파이가 터지지 않았다.

"아니. 비밀리에 암시장에서 팔려고 준비 중이지. 클럽에서는 슬슬 풀면서 그들을 지켜보거나 납치해 증상을 알아보는 중이고.

돈보다 강한 보상이 있겠나? 한국의 마약상뿐 아니라 전 세계의 마약상들이 그 약 효능을 알고 지금 대기 중이야. 만드는 방법은 인간의 암세포와 하이브리드들의 세포를 유전자 조작으로 조합해서 만들어 내고 있어. 하이브리드들은 약을 대량 생산하기 위해 암세포를 모으고 있지. 조만간 병원에 암세포 조직을 모은 보관실도 턴다고 하더군."

"그, 그건 말이 안 되잖아요. 그 조직들을 탈취한다면 치료받은 환자들은 유전자 검사를 위해 연구소 보내질 자신의 소중한 조직 시료들을 뺏기는 거라고요!"

다인은 암 환자들이 수술을 통해 빼낸 종양 조직들을 병원에서 각종 검사를 위해 오래도록 보관한다는 걸 알고 있었다.

"그 문제 정도가 아니야. 한국부터 시작해 인간들은 뱀파이어가 뿌린 모루나 약을 통해 세뇌되어 그들의 하수인으로 전락해버린다고."

듀이가 말했다.

"아마 가장 좋은 고급 아파트와 재벌들이 사는 집과 강남 테헤란로의 빌딩들 그리고 대형병원들은 그들의 소유가 되겠죠. 그래야 인간들을 더 효율적으로 지배를 하니까."

"그들 중 대통령도 나올 거야. 소수가 다수를 지배할 방법은 세뇌밖에 없어. 모루나 약이 유통되는 걸 막기 위해 듀이 박사와 내가 공조를 하는 시점이 온 거야."

브라운 박사는 이어서 말했다.

194

"더 큰 계획은 이후야. 하이브리드들은 인간의 악성 신생물 즉 암세포에서 변이된 유전자를 찾아서 거기에다가 뱀파이어의 유전자를 섞어서 새로운 종을 만들려는 거야."

"새로운 종?"

"그래, 자네처럼 인간과 뱀파이어의 혼혈종들은 이제 유전자 실험을 통해 대량으로 만들어 뱀파이어 소수가 다수가 되도록 만드는 게 최종 목표야."

다인은 고개를 절레절레 흔들었다.

"우리가 하이브리드의 두목 유춘시를 죽일 수 없잖아요. 그의 힘이 월등하니까요. 그런데 어떻게 하죠?"

듀이가 말했다.

"다인 씨. 우리는 먼저 유춘시의 본신을 캐서 그 유전자 연구실을 없애야 하고, 궁극적으로는 하이브리드족을 복속시켜야 해. 하이브리드들 돌연변이는 순혈 뱀파이어가 세포 돌연변이를 맞이해 태어나기도 했고, 또한 인간의 피를 구하는 게 어려워지자 들개나 늑대 등의 맹수 피를 생혈로 마시다가 바이러스나 기생충에 감염되어 생겨나기도 했지. 혹은 환경 호르몬 때문에 돌연변이가 되기도 하고.

하이브리드들은 처음에는 우리 순혈 뱀파이어들에게 복종을 했지만 점차 개체수가 늘어가면서 이제는 또 다른 핵심축이 되었어. 그들과 공생을 할 수 없으면, 지구상에서 없애야 하는 게 우리들 순혈 뱀파이어들의 목표야. 하지만 이제는 우리가 너무도 소수인지라 밀리는 형세야. 게다가 유춘시는 암세포 돌연변이를 주입해 더 막강한 힘을 지닌 새로운 하이브리드로 만들고 있다는 정보도 들었어."

다인이 진지하게 물었다.

"만약에 무기를 들고 순혈들과 하이브리드들이 싸운다면 전세는 어떻게 되죠?"

"장담할 수 없겠지."

듀이의 말에 브라운이 껄껄 웃었다.

"듀이도 이제 너무 오래 사니 노파심만 들었군. 솔직히 순혈은 수적으로 적고 나이도 많아. 하지만 걱정 마. 내가 무기를 개발했어."

브라운은 실험실 뒤쪽에 있는 장막을 열었다.

"이건 내가 만든 신무기들이야. 동굴 안쪽에 거대한 용광로를 두고, 틈틈이 무기를 제작하는 일을 하고 있거든. 알다시피 뱀파이어들은 남는 게 체력이라서 말이지."

갑자기 다인의 뒤에서 위이이잉 하는 소리가 나면서 드론이 떠올랐다.

"어? 드론?"

"하이브리드들은 순간적으로 날아올라 공격하는 민첩성이 무척 뛰어나. 순혈 뱀파이어들이 늦는 편이지. 그래서 육박전보다는 원거리에서 제압할 무기들을 연구해봤지. 역시 인간들은 뱀파이어보다 더 빠르게 무기들을 개발했고 나는 아이디어를 빌렸어."

다인의 주변에 여러 대의 드론이 감싸면서 날아다녔다.

"하이브리드들을 꼼짝 못 하게 만들 생화학 무기를 개발 중이야. 모기에 살충제를 살포하듯 드론을 이용해서 뿌리는 거지. 그리고 이건 수류탄과 은탄환이 장착된 자동화 소총. 기존의 성수나 마늘 액기스 등 뱀파이어를 무력화시키는 화학 물질에 내가 특별히 개발한 화약을 섞었어. 따라서 원거리에서 그들에게 총기를 쓰거나 수류탄을 던짐으로써 좀 더 제압이 수월하게 했지.”

다인은 휴대전화로 갤러리를 열어서 고블린 모드를 입고 쌍검과 메이스, 슬링을 장착한 자신들의 모습을 보여주었다.

“저희들은 동대문 시장에서 가죽 재질로 코스프레 의상을 만들어서 유사시에 입고 나갑니다. 그리고 이건 대장간에서 특별 제작한 무기입니다.”

브라운은 고개를 끄덕였다.

“듀이가 새롭게 태어난 뱀파이어 여전사들이 있다고 해서 설마 했는데 사실이었군. 하지만 이것만 알아둬. 자네들을 일부러 뱀파이어로 만든 것은 아니었어. 시한부인 자네들에게 생명을 주기 위해 뱀파이어가 되게 한 것이지. 자네들이 이렇게 인간 세상을 뒤엎으려는 하이브리들에게 맞서게 될지는 아무도 몰랐어. 이것도 신의 뜻이 있겠지? 신을 믿는 뱀파이어라 특이한가? 하지만 안 믿고는 이 혼잡한 세상을 살아갈 힘이 도무지 없으니까. 자자, 이제 무기 이야기는 좀 쉬고, 위스키 좋아하나?”

브라운은 특별한 손님이 왔다면서 100년이 넘은 위스키를 들고 와 잔에 따랐다.

“온더락은 젊은 세대에 양보하고 우리는 스트레이트로 먹어보자고! 치얼스!”

다인과 듀이는 브라운 박사와 여러 이야기를 나누다가 동굴 밖으로 나왔다.

듀이는 다인을 집까지 데려다주었다. 그는 다인이 집에 들어가 창밖으로 내려다볼 때까지도 그녀의 집 창문을 바라보았다.

사랑은 무르익어 가고

아기자기한 인테리어에 테이블이 서너 개 있는 자그마한 카페에 세경이 홀로 테이블에 앉아 있었다.

"문 닫은 카페에서 커피를 마시는 건 처음이네요. 정말 몰랐어요. 한식당 일에, 언제 이 카페까지 운영해요?"

"친구 녀석과 같이 하는 거라 저는 주말 밤이나 쉬는 날에 카페를 봐요. 이거 신메뉴인데 마셔볼래요?"

"그러시구나. 어 무슨 음료수길래 이런 파란색 빛깔이 나는 거죠?"

"바다 라떼요."

"바다 라떼?"

"네, 에스프레소 더블샷에 우유 150밀리리터, 그리고 블루큐라소 시럽을 넣으면 되죠. 이렇게 색이 커피색, 하얀색, 파란색으로 분리되면 완성입니다."

세경은 장난스럽게 빨대를 입에 대면서 말했다.

"대체 무슨 맛인거죠? 정말로 바다 맛?"

"오묘한 맛일 겁니다."

"으흠."

세경은 바라 라떼를 마셨다.

"오렌지 그리고 블루레모네이드 맛? 달짝지근한?"

"좀 시원한 느낌이 드나요?"

"완전히요. 정말 승훈 씨는 재주가 많군요."

"조금만 기다려요. 파니니 샌드위치가 완성돼갑니다. 앗!"

승훈이 양배추를 썰다가 예리한 칼에 손가락을 베었다. 세경은 무언가에 끌리듯이 반사적으로 승훈의 손가락을 혀로 핥았다.

"어? 무슨…? 세경 씨."

세경이 피를 빨다 정신을 차리고 허겁지겁 뒤로 물러난다.

"죄송해요. 어릴 때 할머니 생각이 나서. 이러면 안 되는데…. 과산화수소나 밴드 있어요? 소독해줄게요."

세경은 입술에 묻은 붉은 피를 손등으로 쓱 닦아냈다.

"저기, 승훈 씨. 제가 빈혈인가 봐요. 혹시 스테이크 있으면 구워서 샌드위치 안에 두툼하게 넣어줄 수 없나요?"

"좀만 기다려요. 먼저 손에 밴드 좀 붙이고요."

"제가 의사잖아요. 제가 해드릴게요."

세경은 소독하고 밴드를 붙여주면서 승훈과 눈을 맞추고 빙긋 웃어보였다.

"뭔가 달라진 것 같아요, 세경 씨는."

"달라져요?"

"네, 병이 낫고 나서 좀 더 적극적이고, 그리고⋯."

"적극적이고 그리고⋯? 또 뭐요?"

"뭔가 갈급한, 그런 조급한 마음이 보여요."

"조급한 마음?"

"네, 차분한 분위기였는데 뭔가 달라졌어요."

"호호호호. 이게 진짜 나죠. 그때는 아파서 조금 가라앉아 있었던 걸 거예요."

세경은 승훈이 건네는 스테이크 파니니를 들어서 빵을 걷어내고 스테이크를 손으로 집어 한 입에 먹었다.

"어? 체해요. 천천히 먹어요."

"참을 수가 없어요. 고기는 앞으로는 덜 익혀서 줘요."

세경은 휘몰아치는 하이브리드들과의 싸움에서 간만에 망중한 시간을 가져 무척 즐겁게 보냈다.

뱀파이어 요양원

토리스 부인은 종합병원에서 진료를 보는 중이었다.

"그런데 왜 피 검사는 하지 않으시고, 초음파와 CT만 받으시는 거죠?"

토리스 부인은 진지하게 말했다.

"종교적 신념으로 채혈은 안 됩니다, 선생님."

사실은 뱀파이어인 걸 들통날까 봐서였다.

"알겠습니다. 그럼 일주일 후에 뵙겠습니다."

"네, 선생님."

토리스 부인은 검사를 끝마치고 진료 예약이 된 날 의사를 만나러 갔다.

"가족은 같이 안 오셨습니까?"

"네, 딸이 학교에 가서요. 남편은 없고요."

"그럼 환자분께 직접 말씀을 드리겠습니다. 확실한 것은 수술하고 종양을 꺼내봐야 알겠지만 지금 왼쪽 유방에 악성 종양으로 의심되는 부분이 있습니다. 조직 검사를 하는 걸 권해드립니다. 조직 검사 후에는 수술을 날짜를 잡으시고….."

토리스 부인은 의사의 말에 어안이 벙벙했다. 조직 검사 의뢰를 위해 마취하고 가슴에서 조직을 채취했다. 토리스 부인은 집으로 돌아오면서 차 안에서 주절거렸다.

"아, 이제 내 시절은 지나간 것 같구나. 현대의 환경 호르몬에 노출되어서 그런가….."

부인은 그간 가미와 먹은 음식들, 그리고 사용하던 화학제품들을 하나하나 떠올려보았다. 세탁기에 넣은 세제나 소시지에도 발암 물질들이 들어 있다. 과거 중세나 근대 유럽이나 조선 시대에 살 때는 농약 대신 거름으로 기른 친환경 음식을 먹었는데, 현대에 와서 발암 물질에 오염된 음식과 제품들을 쓰다 보니 이렇게 된 듯했다.

"나도 어쩔 수 없네. 드디어 이런 날이 왔어…. 그렇게 죽고 싶을 때는 안 죽어지더니, 이렇게 돌연변이 세포가 생겨 암이…. 인간들과 어울려 살다보니 비슷해지는 거겠지."

그동안 숱하게 사랑하던 인간들이 먼저 가는 걸 보고 속상했지만, 막상 본인이 가는 날이 올 수 있다니 허망했다. 무엇보다 가미를 위해 누군가에게 후견인을 부탁해야 한다는 생각이 들었다. 가미가 오래도록 살았지만 그간은 자신이 모두 서포트해서 산 것이지, 홀로 뱀파이어로 살기에는 외롭고 힘들 수 있겠다는 생각이 들었다.

"가미야…. 후우."

토리스 부인은 집으로 돌아와서 거실 구석에 있는 벽난로에 있는 집게를 들어서 벽난로 안쪽의 돌 사이 홈이 파진 부분을 꾹 눌렀다. 벽난로 안이 양쪽으로 갈라지면서 캄캄한 구멍이 드러났다. 지하와 연결된 통로다. 지하로 향하는 긴 계단을 내려가 철문을 열고 들어가면 인간 세상과 다른 또 다른 세계가 나왔다.

토리스 부인은 벽에 걸린 하얀 가운을 드레스 위에 덧입고 앞치마를 두르고 벽난로 안쪽에 생긴 문으로 들어갔다. 부인의 손에는 붉은 피가 든 유리병들이 은쟁반 위에 놓여 있다.

지하로 끝도 없이 파진 나선형 계단을 내려가자 LED등이 천장에 달린 방공호가 나왔다.

"여기가 일제 강점기 방공호가 숨겨진 집이라 구매해 개조했지만 여전히 힘들구나. 하는 수 없지. 이것도 모두 환자들을 위한 거니까."

토리스 부인은 방공호 안으로 깊이 들어갔다. 벽에 문들이 줄줄이 늘어서 있었다. 첫 번째 문을 열고 들어가자, 줄지어 늘어선 침상에 환자들이 누워 있었다. 남녀노소 뱀파이어들이 고통에 겨운 얼굴로 신음을 내뱉었다.

뱀파이어는 나이가 100년 미만의 10대 뱀파이어, 100년 이상 300년 미만의 청년 뱀파이어, 300년 이상 500년 미만의 중년 뱀파이어로 나뉜다. 500년 이상이 넘어가면 노인 뱀파이어로 분류되는데, 이 뱀파이어 요양원에는 노인 뱀파이어뿐 아니라 인간 세계에서 얻은 다양한 질병을 치료하는 뱀파이어들이 입원해 있었다. 생명이 무한대인만큼 죽지도 못하고 영원한 고통에 힘들어했다. 뱀파이어들이 고통을 참으려 내는 <u>그르르르르르</u> 소리는 지옥에서 날 것 같은 소리다.

"아무리 천년을 산 존재라지만, 현대 환경 호르몬에 적응을 못 하면 이렇게 죽지도 못하고 영원히 괴로워하는걸."

가미가 간호사 복장을 하고 다가왔다.

"어? 가미야, 여기는 엄마랑 의료진들이 한다니까. 왜 내려왔어. 올라가서 공부해."

"엄마, 내가 몇 살인데. 어린애야? 나도 도울 건 도와야지. 그런데 마나님이 힘들어 해. 여기만 돕고 먼저 저택으로 올라갈게."

조선의 명문가 종부이자 뱀파이어인 마나님은 현대의 환경 호르몬에 적응을 못해 고통에 모르핀을 투여하고 있지만 잘 들지 않았다. 토리스 부인은 안쪽의 병상으로 다가갔다.

"마나님, 좀 괜찮으세요?"

토리스 부인은 나이든 노파 뱀파이어에게 피가 든 유리병에 빨대를 꽂아서 먹을 수 있게 해주었다. 여기는 토리스 부인이 아픈 뱀파이어 환자들을 돕는 요양원이다. 인간의 호스피스 병동과 비슷한 개념이지만, 뱀파이어들은 죽지 못하고 고통에 힘들어하는 게 다르다. 이 마나님만 해도 벌써 60년 가까이 플라스틱 공해에 시달려 호흡과 소화가 힘들다. 이미 생혈도 조금밖에 못 먹고, 지금은 수액을 주로 맞는다.

"못 먹겠어, 가미 엄마…. 나 좀 안 아프게 저세상 올라갈 방…법이 없을까…. 그냥 은탄환을 한 방만 심장에 쏘아줘….”

“그런 말씀 마세요, 마나님. 기력이 어떠세요?”

“에휴, 여전하지…. 늘 같아. 가미 엄마는 어때.”

“저요? 저야 건강하죠. 땀 좀 닦아드릴게요.”

마나님의 머리카락은 하얗고 얼굴에는 땀이 흘렀다. 그리고 눈을 감은 채 손을 조심스레 떨었다. 냉혈을 지닌 뱀파이어가 땀을 흘린다는 것은 정말 고통스럽다는 거였다. 하지만 마나님은 체통을 지키면서 품위를 잃지 않고 최대한 고통을 참아냈다. 갑자기 비명이 들렸다.

“아악!”

“가미 엄마, 어서 가봐.”

“네, 마나님.”

토리스 부인은 고통에 겨워 비명을 지르는 남자 뱀파이어에게 다가가 모르핀 주사를 놓아주었다. 듀이 박사가 인간의 암세포를 이용해 뱀파이어가 조용히 죽을 수 있는 약을 개발한다지만 아직도 소식이 없었다. 토리스 부인은 고개를 저으면서 한숨을 쉬었다.

”아직 그 방법은 안 돼.“

그녀는 사실 뱀파이어를 편하게 죽일 수 있는 방법을 알고 있었다. 중세 유럽에서 내려오는 마법서에서 배운 방법이다. 하지만 그 방법이 알려지면 인간들이나 하이브리드 뱀파이어족들의 습격으로 순혈 뱀파이어들은 모두 죽을 것이다. 가미가 공격받아서 죽는다면 토리스 부인도 살 의미가 없고, 자신이 먼저 죽어도 가미를 지켜줄 존재가 없었다.

'대체 어떻게 한다….'

이 집에 머물고 있는 전대미문의 힘을 지닌 그자에게 이제 복종하는 길밖에 수가 없는 것인가. 그는 기운을 차려 가끔 외출을 하지만 이 집에 돌아오는 순간에는 휴식을 취한다.

토리스 부인은 지하의 뱀파이어 요양원을 나와 저택 부엌으로 갔다. 노인 뱀파이어를 돌봐준 가미에게 맛있는 걸 해주어야 한다. 토리스 부인은 쌀가루에 기름과 꿀을 섞어 반죽해 기름에 튀겨서 식힌 후 정성스레 꿀을 하나하나 발랐다. 손가미가 벽난로에서 나와 손을 씻고 나서 다가왔다.

"어, 엄마! 이 과자 기억나. 아빠 제사에 올리던 건데?"

"맞아. 유밀과라고 아주 고급스러운 한과지."

"왜 만드는 거야? 아빠 제사도 100년 전에 마지막으로 한 뒤로 더 안 지내기로 했잖아."

"그래. 우리가 밀영 손씨 종손이니까 아빠 계실 적에 내가 시부모님도 모시고 조상 제사까지 지냈잖아. 그때 뱀파이어여도 왜 그렇게 제사 일이 힘들었나 몰라. 하여간 그랬지. 아빠 생각이 나서 해봤어."

"먹어도 돼?"

"그럼, 가미야."

토리스 부인은 유밀과와 우유를 건네면서 가미와 마주 앉았다.

"가미야, 할 말이 있단다."

"어? 뭔데. 맛있다."

"엄마가 할 얘기가 있어."

"뭔데? 참, 엄마. 나 올리브영에서 살 거 있는데."

"그래 알았다. 나갈 준비해."

가미는 옷 위에 대충 점퍼를 하나 껴입었다. 토리스 부인과 가미는 주차장으로 가서 차에 타서 도로로 나왔다.

"우리 가미도 운전해야 하는데."

"나 나이는 충분하잖아. 얼굴이 아이 얼굴이니까 계속 전학 가고 신분을 다시 만드니까 운전을 못 해봤지. 나 이제 운전 배울까."

"그래 가미야. 이제 운전학원도 다니자."

어느덧 어둠이 거리에 내려앉았다. 가로수가 우거진 길을 빠져나와 전철역 부근으로 향했다. 잔잔한 발라드 음악이 라디오에서 흘러나왔다.

"어? 엄마. 보름달이다. 예쁘네."

"어디 우리 가미만 하려고. 가미야, 엄마가 할 얘기가 있어."

"친구 얘기? 나 이제 필요 없어. 그냥 학교 조용히 있으니 좋아. 아무도 상대 안 해도 되고."

"엄마가… 인간의 병을 얻었어."

"그게 뭔데."

"암."

"암? 엄마가 암이라고?"

가미의 머리가 복잡했다. 인간들은 암에 걸리면 수술도 받고 항암이라는 힘든 치료도 받는다는데 걱정이 들었다.

"엄마는 천년을 사는 뱀파이어잖아. 그런데 왜 그런 병이 걸려?"

"글쎄, 인간들과 하도 어울려 사니까 환경의 영향을 받았겠지.

걱정되는 건 치료를 받아야 하는데 인간의 방법으로 병원서 치료해야 하고. 인간들이 걸리는 병이니 그들에 치료를 맡겨야 해. 채혈도 해야 하는데….”

“엄마, 그건 걱정 마. 나는 하프 뱀파이어라 인간과 거의 피 성분이 흡사해. 내가 엄마로 변신하고 채혈할게.”

“것보다 가미야…. 엄마가 우리 지하 요양원 어르신들처럼 아파서 가미에게 피해줄까 그것도 걱정이고.”

“내가 간병할게.”

“흑흑…. 그래 가미야. 말만으로도 고맙다. 그리고 사실 그간 너무도 사라지고 싶었지만 그래도 우리 가미도 오래도록 같이 살 사람이 없는데 내가 남아줘야 하는데 말이지. 내가 가미 곁에 없으면 아무도 없잖아…. 어흑흑흑….”

토리스 부인은 한적한 갓길에 차를 멈추고 핸들에 얼굴을 파묻었다. 정적이 흐르고 조용한 음악이 차에 감돌았다.

“엄마, 죽긴 왜 죽어. 큰맘 먹고 당장 치료받자.”

“고마워, 가미야.”

가미는 토리스 부인을 껴안아주면서 다독였다.

단서들이 향한 곳은

다인은 선용주 강력계 팀장 등 선배 형사들과 회의를 하는 중이다. 선 팀장이 정리해서 말했다.

"지난번에 아파트 옥상 저수조에서 발견된 시신들 아직 부검 결과가 나오지 않았고…. 참, 지문으로 신원 파악을 한 건 어떻게 되었지?"

다인이 나섰다.

"피해자 확인이 되었고 실종 신고되었던 분들이 맞습니다. 유족들에게 연락을 취했습니다."

김 형사가 손을 들었다. 다부진 체격의 젊은 남자 형사는 수첩을 보면서 조사 내용을 말해나갔다.

"병원에서 치료받고 돌아오던 길에 피살된 소홍연 씨 행적이 인근 차량 블랙박스에 잡혔습니다. 차량 300대의 블랙박스를 모두 자료를 받아서 조사했는데, 수상쩍은 차에 올라탄 흔적이 잡혔고 그 차량이 강동구의 외진 동네로 향하는 것까지 도로교통공사와 통합 관제센터 협조를 받아서 확인했습니다."

"그 동네가 어디야?"

김 형사가 보여주는 영상에는 검은색 고급 세단이 멈춰 서는 게 보였다. 어둠이 짙어 누가 내리는지는 보이지 않았다. 야산 인근의 외진 동네에 단독주택이 나타났다. 2층 주택은 너른 터에 정원을 가진 집으로 르네상스 형식의 고풍스러운 외관이 돋보였다.

"아니, 저런 외진 곳에 저런 집이 다 있어? 당장 저 주택 주인 알아보고 주 형사, 김 형사가 조사하러 나가."

"알겠습니다, 팀장님."

오후에 다인과 김 형사는 넓은 정원을 지닌 저택 앞에 차를 세우고 내렸다. 김 형사는 전자담배를 태우면서 말했다.

"그러니까 여기 골목까지 소홍연을 태운 차가 들어서는 것까지는 잡혔고, 내리는 사람은 어두워서 식별이 안 됐어. 그 시각이 소홍연이 공원에서 발견되기 3시간 전 밤 9시야. 이 집에서 살해되고 다시 공원으로 옮겨졌을 수 있어. 카페 매니저 다다익선은 알아봤어?"

"만나기는 했는데 대화를 시도하려던 중에 어디론가 급하게 가서 놓쳤습니다."

다인이 고개를 저으며 말했다. 선배 형사에게 다키니와 격전을 벌인 것을 말할 수는 없었다.

"들어가보자고. 집주인과 약속한 시간이네."

벨을 누르자 집에서 메이드 복장을 입은 여성이 나와 문을 열어주었다.

"어서 오세요. 토리스 부인께선 안에서 기다리고 계십니다."

거실로 안내되었다. 유럽 궁전을 연상시키는 앤틱 가구들과 유화들이 돋보였다.

토리스 부인은 긴장된 얼굴로 트위드 정장에 진주목걸이를 걸고 나타났다. 다인이 먼저 질문을 던졌다.

"유럽에서 살다 오셨더군요? 이 집에는 7개월 전부터 거주를 하셨고요."

"네, 아이 아빠가 외국인이에요. 가미에게 한국의 문화를 알려주기 위해 잠깐 나와 머무는 중입니다. 그런데 형사님들이 무슨 일이시죠?"

다인은 휴대전화에 저장해온 영상을 보여주었다.

"이 영상에 나온 차가 여기 선생님 집 근처에 섰고 사람이 내린 것으로 추정됩니다. 3월 15일에 밤 9시경이고요. 이 차가 선생님 차인지 먼저 확인 좀 해주세요."

"음, 저희 차는 아닌 것 같아요. 차 번호판이 안 보이지만 제가 타는 차와 다르네요. 그리고 저는 차를 거의 운전하지 않고 우리 기사님이 모는데, 이따 오시면 기사님께 직접 물어보시지요."

다인과 김 형사가 몇 가지 조사를 더 해보았지만 별다른 점은 없었다. 다인은 2층을 둘러보려고 계단으로 올라섰다.

"방문을 열어봐도 될까요?"

"그러세요."

중간에 있는 방을 열자 큰 옷장과 화장대가 보이는 안방이 나왔다. 토리스 부인의 방이었다. 그리고 그 옆의 방은 온통 핑크 소품이 돋보였다.

"우리 딸 가미 방이에요. 우리 딸 오기 전에 형사님들이 가셨으면 해요. 딸이 놀랄까 봐요."

"네, 저 끝 마지막 방도 보고 싶은데요."

다인이 성큼성큼 복도 끝으로 가자 토리스 부인이 긴장했다.

"아차 저, 저 방은 자물쇠가 고장이 나서 문을 못 열어요. 나중에 열쇠 수리하시는 분을 부른다는 게 아직…."

다인은 김 형사와 토리스 부인의 집을 나섰다.

그들이 돌아가자 토리스 부인은 2층으로 올라갔다. 그녀는 주머니에서 열쇠를 꺼내들고 복도를 천천히 걸어갔다. 맨 마지막 방의 문을 열쇠로 열고 들어가 어둠 속에서 촛불을 밝혔다. 촛불 아래 기다란 목관이 놓여있고 그 안에 한 남자가 누워 있다. 머리카락이 블루블랙색이고 피부가 하얀 남자가 얼굴에 핏기가 돌면서 갑자기 일어나서 그대로 토리스 부인의 멱살을 잡아챘다.

"그르르르르르르르…. 여기서 일어나는 일을 외부나 듀이 박사에게 알리는 순간, 네 딸은 그대로 내 손에 사멸되는 거야. 그르르르르르르…."

토리스 부인은 덜덜 떨면서 말했다.

"걱, 걱정 말아요. 여, 여기서 편히 쉬다 가세요."

유춘시는 그대로 관속으로 스르르 들어가면서 말했다.

"내가 기운을 완전히 차리는 날, 이 세계는 우리들이 점령하게 될 것이다.”

한편 다인은 며칠간 잠복근무를 서는 중이었다. 토리스 부인의
자택이 반사경으로 볼 수 있는 외진 진입로에 차를 세우고 지켜보
고 있었다.

주차장이 열리고 검은색 SUV와 세단이 나왔다. 세단은 신형 제
네시스로 블랙박스에 잡혀 추적된 차종이 맞았다. SUV 뒤로 벤츠
가 나왔다. 한 남자가 토리스 부인을 강제로 잡아끌어 벤츠에 태웠
다. 그리고 다른 남자는 손가미를 어깨에 들처업고 차에 올랐다.

다인은 몸을 운전석 아래로 숙여서 감추고는, 헤드라이트를 끄
고서 몰래 그들을 미행하기 시작했다. 세 대의 차는 진입로로 나가
도로로 접어들었다. 다인은 가는 도중에 휴대전화를 들어 김 형사
와 팀장에게 알리고자 했다.

그런데 갑자기 차량이 멈춰 서고, 맨 뒤에 가고 있던 SUV에서
남자들이 나와 다인의 차를 막으면서 다가왔다. 어쩔 수 없이 차를
세웠다. 남자들은 다인의 창을 두드려서 다인은 창문을 반 정도만
내렸다.

“무슨 일이시죠?”

“너 누구야? 왜 우리를 미행하는 거지?”

남자는 손을 넣어서 멱살을 잡으려 했다. 입에서는 침이 흐르고
송곳니가 길어지면서 눈에 핏발이 섰다. 다인은 즉각적으로 눈치챘
다. 뱀파이어다! 그것도 하이브리드들이다. 소홍연은 인간들의 살
인사건이 아니라 뱀파이어 하이브리드족들의 짓이었다.

다인은 휴대전화를 들고 그대로 뱀파이어의 눈을 가격했다.

"크르르르르르…."

뱀파이어가 그대로 창문을 뜯으려고 손을 갖다대는 순간 누군가 그의 몸을 들어 뒤로 던져버렸다.

블루블랙의 머리 색을 지닌 남자. 바로 그 다다익선 매니저이자 탐정단이 찾던 자, 유춘시다.

다인은 얼어붙었다. 자신의 능력으로는 이길 수 없다. 그건 눈빛 하나로 알아챌 수 있다. 뱀파이어의 삶을 얻고 가장 먼저 획득한 능력은 본능적으로 자신의 몸을 보호하는 것이었다. 상대방의 눈을 보면 자신과의 싸움에서 누가 승기를 잡을 수 있는지 알 수 있었다. 유춘시는 절대로 맞설 수 있는 상대가 아니다.

"그르르르르르르."

유춘시는 그들을 모두 차에 태우게 하고 그대로 세단에 올라탔다. 다인은 차량이 가자 손을 덜덜 떨면서 세경과 주미에게 연락했다. 그리고 브라운 박사의 연구실을 자세히 일러주고 무기를 가져다 달라고 했다.

최강 뱀파이어의 탄생

토리스 부인은 하이브리드족들에게 납치되어 가면서 좀전의 상황을 떠올렸다. 저택 지하의 뱀파이어 요양원에서 유춘시는 어르신들과 가미를 인질로 협박했다.

"안 돼! 어르신들을 가만히 둬. 안 돼! 우리 가미는 안 돼! 제발 이리 보내, 제발!"

토리스 부인은 유춘시를 향해 애원했다. 유춘시는 비릿한 미소를 지으면서 가미의 목을 더욱 거세게 손아귀로 쥐고 흔들었다.

"엄마!"

"가미야!"

"가미를 살리고 싶으면, 방법을 찾아서 나한테 가지고 와. 순혈족들을 죽일 방법을 알잖아."

토리스 부인이 소리 질렀다.

"몰라. 모른다고. 만약에 알면 이 요양원의 고통에 겨워하는 환자들에게 왜 그 방법을 안 쓰겠어?"

유춘시는 병동이 울리도록 크게 웃었다. 그러고는 가미의 얼굴에 긴 손톱자국을 냈다. 가미가 쓰러지면서 바닥에 누웠다.

"후하하하하하. 알면서도 모르는 척하잖아. 다음 번에는 이 상처 하나로 끝나지 않을 거야. 하하하하하!"

유춘시는 등에서 검은 날개가 솟아오르면서 그대로 토리스 부인을 향해 달려들어 넘어뜨리고, 부하들에게 지시했다.

"가미야, 가미야! 정신 차려."

토리스 부인은 기어가서 가미를 끌어안고 엉엉 울면서 마나님 옆의 침상에 눕혔다. 마나님은 고통스러운 눈으로 가미를 보면서 손가락을 덜덜 떨면서 뻗어 토리스 부인의 치맛자락을 잡아당겼다.

"마나님. 흐흑…."

"가미 엄마. 이제 때가 왔어. 주저하지 마. 한 번은 올 때가 됐어. 순혈족과 하이브리드들의 전쟁…."

마나님은 그렇게 말하고 비장한 표정으로 눈을 조용히 감았다. 쌔근쌔근 숨소리를 내면서 잠에 들었다. 토리스 부인은 가미에게 주사를 놓으면서 물수건으로 손과 발을 닦아주고 팔다리를 주물렀다. 유춘시의 부하 한철영이 가미를 납치하려 하는 순간, 토리스 부인이 외쳤다.

"가미는 안 돼! 알, 알려줄게. 뱀파이어의 눈에서 흐르는 눈물, 그건 독이야!"

유춘시가 고개를 갸웃했다.

"눈물? 우리에게 그런 게 있을 턱이. 우린 슬픈 감정을 못 느껴."

"그렇지만 최후의 순간에, 절박한 순간에 우리도 인간처럼 눈물을 흘려. 인간의 눈물에 포함된 프로락틴이 엄청난 치유력으로 면역력을 높이지만 우리 뱀파이어들의 눈물에 포함된 프로락틴 같은 성분은 돌연변이 세포로 엄청난 파워를 가져 같은 종족을 죽게도 만들어! 이제 됐지!"

유춘시가 비릿한 웃음을 보였다.

"그렇다면 그 독은 반대로 나에게 엄청난 파워를 줄 수도 있다는 말이지. 암에 걸린 뱀파이어 몸에서 나오는 물질처럼 말이지."

토리스 부인이 사색이 되어 떨었다.

"어, 어떻게 아셨어요?"

"네가 암에 걸린 걸 모를 줄 알았어? 이미 병원은 우리 손안에 있다. 후후, 엄마에게 딸이 영원히 사라지는 모습을 보게 할 때 그 눈물이 나오겠군. 손가미를 데려와!"

하이브리드들이 손가미를 포박하고 토리스 부인도 손에 포승줄을 묶었다. 그리고 얼굴에 안대가 씌워졌다. 토리스 부인은 방금 전에 겪었던 납치 상황을 떠올리면서 온몸을 벌벌 떨었다. 어떻게든 가미는 살려야 했다.

한편 다인은 고속도로 휴게소에서 세경, 주미와 만났다. 다인은 다급하게 물었다.

"주미야. 브라운 박사님한테서 무기를 받아왔어?"

"응, 네가 말한 장소로 찾아가 만났어. 수류탄, 은탄환, 드론 같은 무기를 챙겨주셨어."

세경이 질문을 던졌다.

"주다인 형사, 이게 다 어떻게 된 일이야?"

"소홍연 씨 등 살해된 사람들이 모두 하이브리드족들에게 납치돼 죽은 거야. 지난번에 듀이 박사의 말로는 뭔가 신생물 세포를 꺼내서 무기를 만들려는 정보가 있대. 이제 하이브리드들을 찾아내 그들이 인간 세계를 점령할 정도로 힘을 키우기 전에 무력화시켜야 해."

주미가 놀란 얼굴로 물었다.

"그럼 그들이 토리스 부인과 가미를 납치한 거라구?"

다인은 주미에게 저택에 사는 토리스 부인과 가미가 어디론가 끌려간 것 같다고 했다.

"하지만 지금은 그들의 차량을 놓쳤어. 다만, 지금 듀이 박사와 전화가 안 되는데. 이 상황을 병원에 가서라도 알려야 해."

"오케이. 알았어."

탐정단은 휴게소에서 음식을 먹고 마신 후에 일어났다. 밤을 새워서라도 듀이를 찾아가야 한다.

사라진 듀이 박사

탐정단은 다급하게 차에서 내려 병원으로 달려 들어갔다. 오전 일찍 환자들이 거의 없는 한적한 로비로 들어갔다. 다인은 듀이 암 센터의 데스크로 가서 물어보았다.

"약속은 하지 않았지만 듀이 박사님과 면담을 하고 싶습니다."

"시간을 잡지 않으시면 곤란합니다."

"전 예전에 여기서 치료를 받아서 완쾌된 환자고, 경찰입니다."

다인은 경찰 신분증을 보였다.

"저 사실 원장님은 서울로 가셔서 병원에 안 계세요."

"네?"

"일단 여기는 입원 환자들만 계실 수 있습니다. 어서 나가주 세요."

데스크 직원이 다급하게 말했다. 정문에서 경비원이 다가와 다

220

인 일행을 밖으로 안내했다.

세경이 고개를 갸우뚱했다.

"이게 대체 무슨 일이지? 환자도 거의 보이지 않아. 새벽이라도 환자들이 검사할 준비나 산책을 시작하잖아."

"안 되겠어. 원장실로 가자. 이렇게 있을 수 없어."

탐정단은 병원 뒤로 돌아가 공중으로 떠올라 열린 창문으로 들어갔다. 사뿐히 복도에 착지해서 계단을 이용해 지하로 내려갔다. 듀이가 있는지 확실하게 확인을 하고 유춘시 일당의 계획을 알려야 했다. 지하로 내려가 듀이 사무실로 내달렸다. 사무실 문이 잠가 있었지만 다인은 문고리를 잡아뜯었다. 문을 열고 들어가 온 스위치를 눌렀다. 듀이는 없었다.

"아니, 대체 연락도 안 되고 어디에 있는 거야?"

주미는 르네상스풍 문양이 새겨진 마호가니 책상 뒤로 서가에 다가갔다. 해골과 각종 장기들이 유리병 속에 들어 있었다.

"이게 정말 궁금했어. 다 진짜인지 아닌지."

주미가 표본을 유심히 보다가 손으로 유리병을 들어서 살피는데 깜짝 놀라 소리 질렀다.

"이리와 봐! 서가 뒤로 철문이 보여!"

안쪽 서가 뒤로 철문이 숨겨 있었다. 세경이 힘주어 커다란 서가를 들어 옮겼다. 숨겨진 철문은 도어록으로 잠겨 있었다.

"비밀번호가 뭐지? 분명히 이 안에 또 다른 세계가 있다고 했어."

주미가 고개를 들어 말했다.

"듀이 박사의 생일은?"

"우리가 뱀파이어의 나이나 생일을 추정하는 것은 불가능해. 그는 SNS도 하지 않아."

세경이 외쳤다.

"그럼 병원 설립일은?"

다인은 즉시 휴대전화로 듀이 암 케어 병원의 병원 설립일을 찾아 번호를 눌렀다. 하지만 문은 열리지 않았다. 이번에는 설립연도를 같이 눌렀다. 하지만 열리지 않았다. 설립연도와 날짜를 모두 거꾸로 집어넣었다. 그러자 띠릭 전자음이 나면서 문이 열렸다.

"뱀파이어는 인간과 달라. 영혼이 없어 모습이 거울이나 CCTV에 안 남지. 그래서 수사 과정에서 뱀파이어의 모습은 범행 현장 주변 CCTV에서 찾을 수 없었어. 그것처럼 인간과 180도 달라."

세경은 다인의 말에 고개를 끄덕이면서 말했다.

"하지만 우리 같은 후천적으로 뱀파이어가 되면 거울이나 영상에 나와."

문이 열리자 어둠이 펼쳐져 있었다. 지하로 내려가는 계단에는 중간 일정 지점마다 백열등이 밝혀 있었다. 습하고 텁텁한 냄새가 났다. 탐정단은 지하로 이어지는 계단을 끝도 없이 내려갔다. 계단 밑에 도달하자 길이 나누어지고 탐정단은 그 중 왼쪽 복도로 접어들었다. 복도 끝에 넓은 연구실이 나왔다. 그 안에는 수십 개의 스테인리스로 만든 상자가 놓여 있었다.

"이게 대체 뭐지? 대형 냉장고인가?"

주미는 몸을 숙여서 스테인리스 상자를 열었다. 밀봉이 되어 있어 열기가 쉽지 않았다. 다인과 세경도 달라붙어서 열었다. 끼이익 소리가 나면서 안이 보이기 시작했다. 안에는 두 손을 모으고 잠든 젊은 남자 뱀파이어가 있었다. 몸에 여러 가지 장치들이 연결되어 있었고 계기판에 복합적인 숫자들이 적혀 있었다.

"히익, 유전자 복제로 새로운 뱀파이어들을 만드는 것 같아."

주미의 말에 세경이 놀랐다.

"대체 누가 듀이 병원에 이런 비밀 시설을 만든 거야? 이건 모두 뱀파이어들을 양산하는 스테인리스 관이잖아!"

이때 스테인리스 관들 맨 뒤로 지이이잉 기계음과 함께 암막 커튼이 열렸다. 커튼 뒤에서 얼굴을 검은 마스크로 가린 자가 나왔다.

마스크를 벗자 전명구의 얼굴이 드러났다.

"아, 아니 선생님이 왜!"

세경이 외쳤다.

"난 유춘시 밑에서 일하는 사역마다."

주미는 그간 자신의 몸이 달라짐에 따라 뱀파이어에 관한 연구와 조사를 했다. 사역마는 뱀파이어 밑에서 영원불멸의 삶을 얻기 위해 협조하는 인간이다.

"너희들은 위대한 존재자인 유춘시 님을 위해 희생되는 한낱 인간일 뿐이다. 아니면 뱀파이어 나부랭이든가. 듀이 박사는 지금 유춘시 님을 새로운 존재로 태어나게 하기 위해 희생될 것이다. 그다음 병원 원장은 내가 되는 것이지. 이 병원은 세계적인 병원이 되어 신약을 받을 환자들을 대량으로 받을 것이다. 이제 너희들뿐 아니라 인류는 우리 발밑에 고개를 숙이거나 전멸뿐이다."

전명구는 말을 마친 후, 웃음을 띠고 벽에 설치된 기계의 버튼을 눌렀다.

"지옥의 파티장으로 다시 돌아온 것을 축하해. 첫 번째는 병을 고쳐서 나갔지만, 이번에는 무덤에 조용히 묻힐 거야."

스테인리스 관들이 열리면서 뱀파이어들이 천천히 눈을 떴다.

"히익! 어떻게 해!"

다인은 백팩에서 무기들을 꺼내서 몸에 달린 가죽 띠에 하나하나 장착했다. 그리고 두 손에 쌍검을 들고 자세를 취했다. 세경은 빙그레 웃었다.

"어떻게 하긴! 싸워야지."

세경은 손에는 엄청난 무게의 철퇴인 메이스를 들고 가죽 띠에는 마늘과 성수 그리고 신종 화약과 무력화 물질을 섞어서 브라운 박사가 제조한 뱀파이어 퇴치 수류탄을 장착했다.

주미는 가방에서 슬링을 꺼내 은탄환을 쏠 준비를 했다.

"자, 덤벼!"

전명구가 괴이한 언어로 뱀파이어들에게 명령을 내리자 일제히 일어나 그들에게 달려들었다.

순식간에 지하 연구실은 아수라장이 되면서 여자, 남자 젊은 뱀파이어들이 그들에게 공격을 하면서 덤벼들었다. 다인은 검을 휘두르기에 장소가 좁자 이번에는 총집을 잡았다. 총집에서 권총을 꺼낸 다인이 덤벼드는 뱀파이어들을 제압했다. 하지만 뒤에서도 덤벼들자 세경이 나섰다. 세경은 메이스를 끌고 뱀파이어들에게 다가갔다. 지이이익 두꺼운 철퇴가 바닥을 끄는 소리가 요란했다.

"하이야야합!"

세경은 메이스를 공중으로 높이 들어서 그대로 뱀파이어를 겨냥해 하나하나 후려쳤다. 송곳니를 드러내고 침을 흘리며 다가오던 뱀파이어들이 뒤로 넘어졌다. 이번에는 주미가 세경의 등을 덮치는 뱀파이어를 향해서 슬링으로 은탄환을 쏘았다. 가슴과 목에 탄환이 명중된 뱀파이어들이 그대로 바닥으로 넘어져 찰나의 빛과 함께 한 줌의 재로 남았다.

다인은 뱀파이어들이 정리가 되자, 양손에 든 쌍검으로 뱀파이어들의 목을 쳤다. 머리가 떨어진 뱀파이어들도 한 줌의 재가 되었다. 주미는 양옆에서 뱀파이어들이 달려들자 얼른 보스턴백에서 도끼를 꺼내 휘둘렀다. 뱀파이어가 어디선가 끝도 없이 들이닥쳤다.

세경은 메이스로 벽을 허물면서 앞장서 나가다 외쳤다. 벽 하나가 허물어지고 새로운 복도가 나왔다. 철문이 천장에 매달려있었다. 복도에 끝도 없는 길이 보였다.

"이곳이야. 비밀 공간이야! 어서! 이리로!"

다인과 주미가 몸을 날려서 세경이 가리키는 복도로 뛰어갔다. 세경은 메이스를 들어서 위에서 내려오는 철문에 연결된 쇠사슬을 쳤다. 헬스클럽에서 단련된 근육들이 씰룩거렸다. 세경은 빠른 속도로 철퇴로 쇠사슬을 수십 번 넘게 쳤다. 쇠사슬이 너덜댔다.

"세경아, 받아!"

주미가 던지는 도끼를 세경이 받아서 그대로 약해진 쇠사슬을 끊어냈다. 묵직한 철문이 내려오면서 달려들던 뱀파이어들이 깔렸다. 다인이 외쳤다.

"이제 퇴로는 없어! 유춘시와 정면 승부해야 돼!"

주미는 뱀파이어 퇴치 수류탄을 철창문을 뚫고 들어오려는 뱀파이어들에게 던졌다. 콰쾅! 소리와 함께 뱀파이어들이 쓰러졌다.

다인, 세경, 주미는 백열등 전구들이 점멸하는 복도 끝을 향해 내달렸다. 생과 사, 빛과 어둠, 그리고 인류의 희망과 절망, 존속이 모두 뱀파이어 탐정단 손에 달려 있었다. 세경이 무선 이어폰을 꽂자 귀에서 빠른 테크노 비트가 흘러나왔다. 숨이 가빴다. 심장이 터질 듯이 요동쳤다. 뱀파이어가 되고 나서 들끓는 피가 진정되는 순간은 바로 사악한 것들의 목숨을 끊을 때뿐이다. 언뜻 승훈의 미소 짓는 따뜻한 얼굴이 떠올랐다. 세경은 고개를 끄덕였다. 사랑하는 이들을 지키기 위해 지금 이 자리에 있는 것이다. 뱀파이어 탐정단의 발길이 빨라졌다. 가장 안쪽의 막다른 곳에 도달했다.

세 개의 스테인리스 관이 있었다. 탐정단은 힘을 합해 하나씩 열었다. 왼쪽 관에는 토리스 부인, 오른쪽 관에는 손가미 그리고 가운데 관에는 유춘시가 들어 있었다. 세 개의 스테인리스 관들은 모두 여러 계기판으로 복잡한 기계에 호스와 주사로 연결돼 있었다.

"이게 어떻게 된 일이지?"

다인은 즉시 토리스 부인과 손가미의 손과 얼굴을 유심히 살폈다. 백지장처럼 하얀 피부 그리고 얼굴에 드러나 있는 핏줄.

"이들은 뱀파이어들이었어."

"이럴 수가. 가미 학생이 뱀파이어라니!"

"왜 유춘시와 함께 온갖 기계로 연결되어 있는 거지?"

다인은 잠시 추리를 했다.

226

"토리스 부인의 집에서 이들을 납치한 것과 유춘시의 부활과 관련이 있어."

주미가 고개를 끄덕였다.

"가미가 언젠가 엄마가 암에 걸렸다고 나한테 상담한 적이 있었어. 그거와 관련 있는 걸까?"

주미는 보름 전 즈음인가. 가미가 엄마가 난치 질환에 걸려 과학 특별반 수업에 참가할 수 없다고 말했던 것을 기억해냈다. 세경이 덧붙였다.

"그렇다면 우리의 몸에서 암세포를 빼내 죽고자 했던 듀이 박사처럼 뭔가 뱀파이어 몸의 돌연변이 세포로 유춘시의 힘을 가속시킨 것일 수 있어. 뱀파이어의 세포 돌연변이종은 막강한 힘을 만들어낼지 몰라."

이때 전명구의 목소리가 천장 스피커에서 나왔다.

"그뿐 아니라 나는 인간들의 몸속의 돌연변이 세포를 조합해 최강의 유전자로 우리들의 사령관 유춘시 님의 몸속 유전자를 재편성했다. 이제 너희들이 아니라 전 세계를 통치하실 새로운 지도자를 영광스럽게 맞이하라!"

순간, 스테인리스 관 안에서 유춘시가 벌떡 튀어나와 탐정단 앞에 섰다. 쿵쾅쾅! 유춘시의 발걸음 내딛는 소리가 요란했다. 다인은 양손의 쌍검을 세경은 메이스를 들었다. 메이스에 달린 쇠사슬이 쩔렁거렸다. 주미는 오른손에 도끼를 쥐고 왼손에는 슬링을 손목에 감았다. 세경은 이어폰의 볼륨을 높였다. 모두 공격 자세를 취하고 유춘시를 감싸고 빙그르르 돌았다. 세경의 귀로 빠른 테크노 비트 음악이 흐르면서 긴박감이 고조되었다. 심장이 미친 듯이 뛰었다.

유춘시의 얼굴은 무척 하얬고, 블루블랙의 머리털은 모두 하늘로 솟아 있었다. 웃통은 벗은 체 아래에는 가죽바지를 입고 워커를 신고 있었다. 유춘시는 몸에 연결된 호스와 모듈 판 그리고 주삿바늘을 모조리 잡아 뜯어냈다. 온몸이 확장되면서 키가 점점 커져 그들 앞에 우뚝 섰다.

유춘시는 손을 좌악 펼쳐서 다인을 붙잡았다. 세경이 공중에 날아올라 메이스로 유춘시의 어깨를 내리쳤다. 유춘시는 마치 뼈가 없는 것처럼 유연하게 메이스를 피했다. 그리고 다인을 바닥으로 내던졌다. 이번에는 주미가 은탄환을 빼서 슬링에 걸어서 정확하게 유춘시의 눈을 노렸다.

씨이이잉 탕! 은탄환이 날아가 유춘시의 왼쪽 눈에 맞았다. 그러나 유춘시는 고개를 잠깐 숙이다 일어났다. 눈은 다시 멀쩡해져 있었다. 세경이 외쳤다.

"재생력이 엄청나! 유춘시는 지금 자신의 극대화한 힘과 신체의 능력이 마르거나 전혀 다치지 않아!"

"우리가 힘을 합해 제압해야 해!"

어디선가 요란한 소리가 들리면서 입구가 열리더니 커다란 기계가 들어왔다. 뒤따라 들어온 전명구가 기계의 버튼을 누르자 MRI 기계가 작동하면서 다인, 세경, 주미의 손에 든 무기들이 기계로 날아가 철썩 달라붙었다.

전명구의 잔인한 웃음이 그곳을 가득 채웠다. 유춘시가 몸을 낮춰서 탐정단을 잡으려는데, 순간 콰쾅쾅쾅 요란한 소리가 들렸다. 벽이 뚫리면서 듀이 박사가 모습을 드러냈다. 그 뒤로 요양원에 있던 노쇠한 뱀파이어들이 따라 들어왔다.

"듀이 박사!"

"다인, 세경, 주미 씨. 비켜요. 우리가 상대할 겁니다."

노인 뱀파이어 하나가 정신을 잃은 토리스 부인을 보고 분노했다.

"감, 감히 우리를 보호해주는 토, 토리스 부인을 납치해? 네 이놈!"

노인 뱀파이어 수십 명이 유춘시의 몸을 향해 날아들었다. 그들은 죽을 힘을 다해서 공중으로 날아올라서 유춘시의 몸 곳곳을 물어뜯었다. 유춘시 몸을 흔들면서 이들을 쳐내고 밟았다. 하지만 그럼에도 또 다른 노인 뱀파이어가 유춘시에게 달려들었다. 이 소동에 마취가 풀리고 눈을 뜬 토리스 부인 휘청거리면서 일어나서 가미를 일으켰다.

노인 뱀파이어들이 유춘시를 향해 날아올라 끊임없이 물어뜯자, 유춘시는 박쥐 떼로 변신해 어디론가 사라져 버렸다. 토리스 부인은 쓰러져 죽어가는 노인 뱀파이어들에게 갔다. 머리가 으깨어지고 심장이 관통당해 죽어가면서 신음했다.

"어, 어르신…. 어쩌다가, 왜 저를 구하러 오신 거예요? 흑흑."

"듀이가 도와달라고 했어. 순혈족을 하이브리드족이 공격한다고…. 죽을 명분을 찾, 찾고 있었는데 잘됐어…. 그간 도와줘서 고마우이…. 가미 엄마."

노인 뱀파이어들이 하나 둘 연기로 사라져 버렸다.

최후의 결전

듀이 박사의 사무실에서 탐정단과 토리스 부인이 상황을 설명하면서 대책을 논의하고 있었다. 다인이 거세게 말했다.

"이제 우리도 이 싸움에 개입한 만큼 토리스 부인처럼 인간 세상에 침투한 뱀파이어들이 얼마나 되는지, 왜 공존을 하는지 알아야겠습니다. 뱀파이어로 변한 인간들이 범죄를 저질러 범인으로 잡힌 사건들이 몇몇 있습니다."

주미가 토리스 부인을 보고 물었다.

"대체 누구죠? 제가 아는 가미 학생의 어머니는 맞나요?"

듀이에게 생혈 링거를 맞고 기운을 회복한 토리스 부인이 일어나서 당당한 몸가짐으로 말했다.

"난 바토리 에르제베트 백작 부인으로, 헝가리 왕의 혈통을 이어받았다."

230

주미는 놀라 눈을 크게 떴다.

"뭐라구? 역사상 가장 유명한 여자 연쇄살인마가 당신이라고요? 피의 백작 부인? 당신이?"

"나 바토리 백작 부인이 왜 400년 전에 마을 처녀들 피를 내서 얼굴과 온몸에 발랐는지 알아? 노화 방지를 위해서였지. 하지만 수십 명을 죽였다는 전설은 과장됐어. 내 명예를 떨어뜨리고 재산을 뺏기 위해 왕족과 귀족들이 모함을 한 거라고."

토리스 부인은 천천히 말을 이어갔다.

"지금은 그럴 필요가 없어. 2023년 대한민국은 성형 강대국이라서 내가 지금 한국 들어와 터를 잡은 거야. 주기적으로 레이저 시술을 받고, 거상술을 받으면 절대로 안 늙는다고. 그러니 난 지금 뱀파이어 업계를 거의 은퇴하고 가미와 조용히 살고 있어. 그리고 이제 예전의 못된 성격은 버리고 범죄자 피만 마시든가, 듀이 박사가 소개한 공장에서 만든 피를 간간이 아주 조금만 마시고 있어."

주미가 놀라면서 물었다.

"토리스 부인, 요가 학원에서 거울에 모습이 비쳤잖아요?"

토리스 부인은 고개를 끄덕였다.

"나는 이미 인간 세계에서 오래 물들어 살아서 반 인간이 되어 그렇지만, 뱀파이어들은 거울에 비치지 않고 CCTV에 잡히지도 않아. 당신들처럼 후천적으로 뱀파이어가 되어도 거울에 모습이 비쳐."

이번에는 세경이 물었다.

"토리스 부인, 그럼 가미는 뱀파이어가 아닌가요?"

"하프 뱀파이어지. 내가 인간 남자와 사랑에 빠져 낳은 소중한 아이야. 아이 아빠는 이미 200년 전에 죽었어. 가미는 조선 시대 종 갓집 후손이고, 난 종갓집 며느리였다고. 제사 챙기느라 얼마나 고 생했는지 알아? 그래서 조선을 떠나 유럽에 갔다가 한국에 케이팝 이나 성형 기술이 발달해서 최근에 들어왔어. 그래도 가미 아버지 의 나라니까."

주미는 토리스 부인과 시선을 맞추었다.

"토리스 부인, 가미 어머니. 사실 지난번에 공원서 발견된 피가 없이 죽은 남자, 혹시…."

"아, 몰라요, 몰라. 가미는 아무 상관도 없어요. 솔직히 주미 선 생님. 그런 성범죄자는 죽는 게 마땅한 거 아니에요?"

다인이 나섰다.

"그건 아니죠, 부인. 정확하게 수사를 받고 재판받고 형을 살아 야 하는 거죠."

"아니, 당신들도 뱀파이어가 됐다면, 살아있는 인간의 피를 빨지 않고는 힘들었을 순간에 어떻게 했죠?"

토리스 부인이 그들의 표정을 살폈다. 세경이 말했다.

"우리는 듀이 박사 소개로 녹즙처럼 배달받아 먹었다고요!"

토리스 부인이 크게 웃었다. 다인이 굳센 어조로 말했다.

"이제 유춘시가 도망을 갔으니 대비책을 세울 시간이 있습니다. 다같이 힘을 합해…."

"당신들이 유춘시를 막았다고 오해와 착각을 단단히 하셨군, 이 봐요. 유춘시는 절대로 네버에버 죽지 않아. 소멸하지 않는다고. 이제는 나의 눈물과 암세포로 어떻게든 막강한 힘을 얻을 거야!"

토리스 부인은 그간의 일들을 설명한 후에 차분하게 말을 이어 나갔다.

"뱀파이어들끼리도 얼마나 웃긴지 알아요? 우리 가미가 하프 뱀파이어라고 거의 불가촉천민으로 몰아가. 꼭 그리스 신화 반인반수 미노타우로스처럼 멸종시켜야 할 괴물로 여긴다고. 불쌍한 우리 가미는 이쪽에도 저쪽에도 속하지 않아."

포세이돈 신을 속인 크레타의 왕 미노스는 아내가 황소와 사랑에 빠져 황소의 얼굴을 지닌 미노타우로스 아들을 얻었다. 부모의 잘못으로 태어난 그는 미궁에 갇혀서 살다가 결국 테세우스에 의해 목숨을 잃었다.

토리스 부인은 외쳤다.

"가미가 하프라고 무시하고 차별하지만, 그럼 누가 정상이고 누가 비정상인지 확실한 기준이 있어? 하여간 우리 가미를 건드리는 하이브리드들은 내 손에 끝장나는 거야, 후우."

다인은 병원을 나가 듀이를 찾으러 다녔다. 그는 정원에 있었다.

"듀이 박사!"

듀이는 들꽃밭에 앉아서 잡초를 일일이 뽑고 있었다. 주미가 다인을 따라왔다. 다인은 따지듯이 물었다.

"우리가 얼마나 찾았는지 알아요? 대체 어찌 된 일이죠?"

"올 줄 알았지. 이 병원으로 다시."

주미가 달려와 소리 질렀다.

"올 줄 알았다고? 듀이 박사, 지금 한가로이 가드닝할 때인가요? 우리 죽을 뻔했다고요. 하이브리드가 힘이 월등하다는 것도, 우리가 덤비다가는 죽을 수 있다는 것도 다 알고 있었죠?"

"그래서 브라운 박사가 발명한 신무기들을 주다인 씨에게 보여준 거지. 무기를 가져가 싸워 버틸 수 있었던 거야."

다인이 진지하게 물었다.

"전명구 선생은요? 여기 직원 아닌가요?"

"전명구는 선한 일을 시키려고 내가 데리고 있던 사역마였지만, 최근에 배신해서 그리로 간 거지."

다인은 복잡한 표정을 지었다.

"지하 원장실로 와. 내가 모든 걸 말해줄 테니까."

듀이의 사무실에는 이미 토리스 부인도 와있었다. 토리스 부인이 먼저 입을 열었다.

"분명히 듀이 박사도 뱀파이어가 천년 동안 한 번 흘릴까 말까 한 눈물이 뱀파이어를 살리기도 죽이기도 한다는 걸 잘 알지요? 지금 유춘시 일당들은 가미와 나의 눈물을 통해서 무언가 계책을 꾸미고 있다고요. 더는 우리가 안전하지 않다는 거지요? 당신이 지금 순혈 뱀파이어 총 책임자로 있으니 대책을 마련해줘요."

듀이가 침묵하는 사이 세경이 끼어들었다.

"인간의 눈물에는 프로락틴이라는 성분이 섞여 있어요. 그런데 그 성분은 기쁨이나 하품에 나는 눈물에는 없고 오로지 슬플 때 나오는 눈물에만 있어요. 그 눈물을 흘려야 상처를 입은 인간이 스스로 일어날 힘을 얻는 거죠."

듀이가 조용히 말했다.

"뱀파이어는 눈물을 흘리지 못하지. 하지만 단 한 번 극도의 슬픔을 겪을 때 흘려. 그 눈물에는 엄청난 힘이 들어 있다고 여겨지지만…. 나조차 눈물을 천년의 세월에 가깝게 살아도 흘린 적이 없어. 한 번도. 가족들이 죽을 때조차도…."

다인이 말했다.

"토리스 부인의 말에 의하면 그 눈물에 든 성분으로 어떤 뱀파이어는 영원불멸의 막대한 힘을 얻고 어떤 뱀파이어들은 영원히 죽게 만든다고 했어요. 그래서 부인과 가미 양이 납치된 겁니다. 듀이 박사, 우리들이 같이 싸울 겁니다. 같이 해결책을 만들어 나가자고요."

듀이는 고개를 저었다.

"이건 우리 순혈족과 하이브리드족의 문제요. 인간들은 빠져요."

주미가 나섰다.

"당신들만의 문제라고요? 그럼 우리는? 우리는 인간도 뱀파이어도 아닌 중간 단계이고 살아나가기 위해서 듀이 박사와 이 병원의 치료가 지속적으로 필요하다고요. 우리는 여기를 지킬 이유가 있어요!"

"당신들이 그들을 상대할 수 있다고 보나?"

다인은 결연한 의지를 보였다.

"당신 같은 노쇠한 뱀파이어는 안 된다고 여기겠지만 난 달라. 지금도 매일같이 힘이 솟는다고!"

듀이는 긴 한숨을 내쉬었다.

"하는 수 없지. 방법은 하나. 유춘시가 이 세상을 지배할 힘을 가지기 전에 우리 모두 힘을 합해서 죽을 힘으로 싸우는 것뿐. 하지만 반대로 우리가 절멸할 수도 있지."

듀이의 진중한 말에 모두 숙연해졌다.

회의 결과, 토리스 부인의 자택 지하 요양원에 있는 노인 뱀파이어를 듀이 병원으로 옮기고 가미도 휴학하고 토리스 부인과 함께 듀이 병원에 머물기로 했다. 탐정단은 각자 휴직을 하고 당분간 이들을 지키기로 했다.

다음 날 탐정단은 토리스 부인과 가미와 함께 그들의 집으로 함께 갔다. 페허가 된 듯 엉망진창이 된 집안이었다. 토리스 부인은 노인 뱀파이어들을 주미가 모는 밴 안에 잘 모시고 나서 짐들을 챙겼다. 주미가 물었다.

"어? 이 샤넬백은 안 가져가요?"

"뒤요. 내 가장 중요한 자산인 코인은 전자지갑에 잘 있으니 괜찮아요."

"뱀파이어 부인이 코인이라니 놀랍네요."

"인간들보다 몇십 배나 오래 사니까 배우는 것도 많고 살면서 돈도 있어야 하죠. 그러니 투자를 충실하게 해요."

"투자해서 불리는 비결은 뭔가요?"

"무엇보다 인간들이 좋아하는 것들에 투자해라. 한국은 부동산과 코인이더라고요."

가미가 자신의 옷과 소지품을 챙기고 나서 다가왔다.

"엄마, 오늘 항암제 플릭산 약 2차로 주사 맞는 날이잖아?"

"아, 그렇다. 저와 가미만 병원에 들렀다 가면 되는데."

세경이 질문을 던졌다.

"어느 병원이세요?"

"○○병원이요."

"어? 제가 인턴으로 근무했던 병원이에요. 같이 가요."

토리스 부인은 가미의 피를 제출해서 항암제를 맞을 수 있었던 것이다.

오후에 병원에 도착해 토리스 부인과 세경, 가미는 잠시 항암제 주사실로 향했다.

"맞으시는 항암제가 어느 것인가요?"

"플릭산 약이라고 주사만 간단하게 맞으면 되는데, 신약이라고 하셨어요."

토리스 부인은 주사실로 들어가 항암제를 맞았다. 잠시 기다리면서 세경과 가미는 병원 내 카페로 들어갔다.

"엄마가 아프시니까 걱정이 많겠다."

"네. 엄마 말로는 뱀파이어도 인간들과 어울려 살다보니 환경 호르몬에 노출되어서 암에 걸리는 것 같댔어요."

세경은 고개를 끄덕이면서 밀크티를 마시면서 로비를 보았다. 피아니스트가 환자와 보호자들을 위해 피아노곡을 연주하고 있었다. 아름다운 선율에 잠시 고개를 흔드는 그 순간 세경의 눈에 한철영과 방소연이 정장을 입고 서류가방을 들고 로비에 서서 의사들과 이야기하는 게 눈에 들어왔다.

"헐 대박. 가미 양. 고개를 숙이고 여기서 나가자."

세경과 가미는 조용히 한철영 일당의 눈을 피해 일어났다. 그리고 몸을 건물 기둥 등에 숨기면서 그들이 무슨 말을 하는지 알아내려 했다.

멀리서 나는 소리에 민감한 가미는 그들이 의사들과 주고받는 말들을 모두 들었다.

"헉! 어서 엄마를 병원서 데리고 나가야 해요."

세경과 가미는 한철영, 방소연이 로비를 나서자 살금살금 항암제 주사실로 향했다.

세경은 얼른 다인에게 전화해 사정을 말하고 차를 병원 정문에 대라고 했다. 가미는 토리스 부인과 함께 주사실을 나왔다.

세상의 시작과 끝

듀이 병원에 도착해 노인 뱀파이어를 병동에 입원시킨 후에 탐정단과 듀이, 토리스 부인 등은 원장실에 모여 회의를 시작했다. 주미가 놀라서 물었다.

"그러니까 이게 항암 임상시험과 관련된 거라고?"

세경이 말했다.

"응, 병원 로비에서 제약사 직원으로 변한 한철영과 방소연을 보았어. 가미와 내가 접근해 그들이 의사와 나누는 말을 들었는데, 최근 개발한 항암제 신약 플릭산을 가지고 영업을 하고 있었어."

가미가 대차게 나섰다.

"맞아요. 제가 다 들었어요. 사실 저번에 우리 엄마가 병원에서 임상시험으로 주사 맞은 항암제를 맞고 보름간 일어날 수가 없었어요. 그런데 그 약 플릭산을 적극 홍보하고 있었어요."

토리스 부인이 나섰다.

"흐음, 추리가 되네. 플릭산 약으로 시험한 암 환자들이 처음에는 종양이 줄어들지만 나중에 엄청난 후유증으로 힘들어한다고 들었어요. 인터넷 검색을 해보고 알았죠. 하지만 의사 선생님이 효과가 좋다고 하셔서 저도 임상시험에 들어간 거거든요. 이제 내일부터 또 아플 거라고요. 지금은 스테로이드 약을 맞아서 괜찮지만."

세경이 고개를 끄덕였다.

"항암제의 엄청난 독성은 아직도 여전합니다. 항암 치료를 받은 환자들은 거의 일주일 이상 침대 신세를 지고요. 화학무기로서 개발하다 항암제가 탄생한 일화가 있을 정도로 맹독성이라고요."

토리스 부인이 숨을 헐떡였다.

"나 같은 뱀파이어도 이렇게 후유증이 심한데 인간들은 어쩔꼬, 에휴."

"엄마, 괜찮아?"

가미가 토리스 부인을 부축했다. 다인이 수사 과정과 지금의 상황을 연결해 추리했다.

"제가 알아본 바로, 유춘시가 이 기적의 항암제 임상시험에 당첨되었다면서 피해자들을 만나고 다녔을 확률이 있고, 그들을 병원의 시험에 참여케 하고 몸에서 항암제로 인해 변화된 암세포를 추출해 순혈 뱀파이어를 죽일 화학무기나 혹은 인간들을 멸종시킬 무기 등을 만들고 있었던 겁니다. 혹은 클럽에서 마약 비슷한 복종하게 하는 약 모루나를 중독시킨 후 인간을 복종케 해서 그들의 몸에서 신생물을 얻어냈을 겁니다."

240

다인은 두 손으로 검 손잡이를 쥐고 긴박한 얼굴로 물었다.

"유춘시 일당이 이곳으로 쳐들어오는 것은 시간문제입니다. 듀이 박사, 어떻게 해야 하죠?"

듀이가 외쳤다.

"병원 근처에 방공호가 있어. 거기에 뱀파이어들이 인간 세상의 종말에 대비해 준비해놓은 곳이 있어. 이미 일제가 오래전에 만들어놓은 곳인데, 이 병원 설립자들이 그 공간에 은신처를 준비해놓았으니 거기로 가죠."

"인간 세상의 종말?"

다인의 물음에 듀이는 고개를 끄덕였다.

"언제고 평화가 지속되지는 않지. 우리는 워낙 오래 사니까 뭐든 대비를 해놓는 편이죠. 일단 방공호로 모두 거처를 옮깁시다. 어차피 전명구가 방공호 위치를 알고 있으니 그리로 올 겁니다. 하지만 대신에 병동의 환자들은 안전하고, 우리들은 방공호에서 방어할 준비 태세를 갖출 수 있죠."

그들은 모두 방공호로 이동했다. 탐정단은 고블린 모드를 입고 무기들을 재정비했다. 토리스 부인과 가미는 호기심 어린 눈으로 이들이 무기를 정비하는 걸 도와주었다. 듀이는 세경과 함께 플릭 산 약과 모루나 약의 성분에 관해 연구하고 있었다.

그날 저녁 갑자기 방공호 안으로 쾅쾅 소리가 거세게 들리면서 문이 파손되는 소리가 나고 경보음이 울렸다.

"환자들은 이곳에 없으니 우리가 맞서면 됩니다! 일단 이 지하로 오는 방화문을 내리겠습니다."

듀이는 버튼을 눌러 단계별로 방화문을 내렸다. 콰르르르르콱! 문이 내려오는 소음이 요란했다. 토리스 부인과 가미가 겁에 질린 얼굴을 했다.

"듀이 박사. 우리가 무너지면 이 세계는 어떻게 되는 거죠?"

"아마 뱀파이어 하이브리드족이 인간을 지배하면서 대형병원과 제약사의 막대한 자본과 결탁해 인간들을 자신의 밑으로 두고 세계를 좌지우지할 겁니다."

세경이 고개를 끄덕였다.

"가능해요. 인간의 질병을 다룰 수 있는 신약을 개발했다고 쳐요. 각국 정상 중에 병이 없는 사람이 있나요? 그들의 가족들은요? 치매나 암, 파킨슨 등의 난치 질병을 고칠 약을 개발했다고 공표하는 순간 모든 인간들은 그들이 시키는 대로 하는 수밖에 없어요!"

우르르르콰콰쾅쾅! 지하로 들어오는 문을 뜯어내는 소리가 요란했다.

다인, 주미, 세경은 무기를 정비하고 방어하는 자세를 갖추었다. 가미는 토리스 부인 앞에 서서 방어를 했다. 듀이는 맨 앞에 서서 마지막 방화문이 뜯겨나가는 것을 지켜보았다.

드디어 문이 뜯기고 한철영을 비롯한 하이브리드족이 나타났다. 날카로운 이빨을 드러내고 두 손에는 각종 도끼나 장검이나 철퇴를 든 그들은 숨을 할딱이면서 누군가의 지시를 기다렸다. 그리고 그들 뒤에서 두건을 쓴 자가 천천히 나와 두건을 벗었다. 유춘시였다. 주미와 세경의 눈이 커졌다.

"크르르르르르르. 듀이 박사. 내 육신이 약했을 때 날 죽이지 않은 건, 언젠가 이렇게 떳떳하게 결판을 내고 싶어서였겠지? 크르르 르르르."

유춘시의 두 눈에서 붉은 광선이 흘러나왔다. 그의 얼굴이 창백해지면서 두건이 달린 가운을 벗자 하얀색 형광빛이 그의 맨몸에서 오로라처럼 펼쳐져 나왔다.

"쓸어버렷!"

유춘시의 지시에 한철영을 비롯한 뱀파이어들 그리고 그 뒤로 다키니들이 양날검을 들고 달려들었다.

다인은 쌍검으로 뱀파이어의 목을 베었다. 피가 튀었지만 끄떡없는 뱀파이어들. 세경은 메이스를 휘날리면서 뱀파이어들의 얼굴에 날렸다. 콰콱콱! 뱀파이어들이 뒤로 나자빠졌다. 주미는 도끼를 들고 천장으로 확 날아올랐다가 다키니에게 내려쳤다. 다키니의 왼팔이 잘려나갔다. 이번엔 다키니 중에 방소연이 엄청나게 빠른 속도로 다인을 덮쳤다. 방소연은 주사를 꺼내 다인의 목에 댔다.

"꼼짝 마! 이 주사 한 방이면 넌 쥐죽은 듯이 쓰러지는 거야!"

다인이 외쳤다.

"대체 왜 다키니들이 하이브리드를 돕는 거야? 고작 명품하고 클럽에서 유흥을 즐기려고 그러는 거야?"

방소연이 웃었다.

"호호호호! 무슨! 우린 하이브리드족과 함께 인간 세상을 통치할 거야. 그래서 돕는 거라고!"

방소연이 외쳤다. 천지가 울렸다.

"그러는 너는? 주다인, 다시 사람의 삶으로 돌아간다면 다른 질병이나 사고의 공포로 돌아가는 거야. 다시 돌아갈 거야?"

다인은 온 힘을 다해 방소연의 팔과 손목을 잡고 막았다. 다인은 눈을 감았다. 잠시 어릴 적 할머니가 계신 시골집이 찰나에 떠올랐다. 코스모스 꽃이 곱게 핀 마당에서 놀고 있으면, 뒷산에 노을이 걸리면서 붉게 타오르는 단풍이 선명하게 보였다. 주황 노을, 붉은 단풍 그리고 바둑이가 컹컹 짖던 그 마당. 생명이 침잠으로 접어드는 가을과 겨울 그 중간 시기. 다인은 느꼈다. 일곱 살이지만 이런 생각이 들었다.

'아, 모든 것에는 끝이 있구나. 이제 저 나무들은 산은 잠시 죽음에 다가서는구나.'

하지만 다른 생각도 들었다.

'봄이 오면 되살아날까? 되살아날까. 그래, 되살아난다!'

기억에서 현실로 돌아온 찰나의 순간,

"으아아다다다다다!"

다인은 초인적인 힘으로 방소연을 그대로 들어 던져버렸다.

"두렵지 않아. 하지만 지금은 돌아갈 수 없어! 너희들을 상대하려면 뱀파이어 힘이 필요하다고! 죽음이 결코 두려운 게 아니야!"

다인은 사자후를 토해내면서 방소연과 다키니들, 하이브리드들에게 검을 날렸다.

듀이 박사 앞에 유춘시가 달려들어 그르르르 하면서 그대로 목을 붙잡고 눌렀다. 듀이 박사는 기세에 밀리고 말았다. 전명구가 토리스 부인에게 다가간다.

"바토리 에르제베트. 이제 나와 같이 가자. 인간에게서 전염된 암을 고쳐줄게. 신약이라면 앞으로 천년도 거뜬히 살 수 있어."

토리스 부인이 고개를 절레절레 흔들었다. 가미가 앞을 가로막았다.

"엄마는 이, 이미 플릭산 약을 투여받는 걸 중단했어. 엄마에게서 떨어져!"

전명구는 달려드는 가미를 오른팔로 날려버렸다.

"으아악!"

가미가 날라가 벽에 부딪혀 쓰러졌다. 토리스 부인의 눈에서 형형한 불빛이 나오면서 입에서 침이 흘렀다.

"가미야! 네 이놈! 에잇!"

토리스 부인은 갑자기 온몸에서 오로라 같은 불빛을 뿜어내면서 전명구의 손을 뿌리치고 가미에게 달려갔다. 가미의 뒤통수에서 피가 흘러내리자 토리스 부인은 눈물을 흘렸다.

전명구는 그녀가 흘리는 눈물을 놓치지 않았다. 빛과 같은 속도로 토리스 부인에게 가서 그 눈물을 시험관에 받고는 마개를 닫았다.

"뱀파이어가 수천 년에 한 번 흘릴까 말까 한 눈물은 뱀파이어를 죽일 수도 살릴 수도 있는 양날의 검이지. 이건 혹시 모르니 유춘시를 협박하기 위한 용도로 가지고 있어야겠군. 후후후."

토리스 부인은 눈물을 흘리자마자 가미를 껴안고 그대로 혼절했다. 하이브리드들과 결사 항전으로 싸우는 다인, 주미, 세경 그리고 듀이 박사. 이들은 엄청난 기세의 하이브리드들과 다키니들에게 밀려 지하 안쪽으로 밀려 들어갔다. 듀이와 다인 등을 맞대고 이들에게 맞설 태세를 갖췄다.

"듀이 박사!"

다인이 연달아 외쳤다.

"이 바보 박사 같으니라고! 당신 때문에 인간 세상이 멸망하고 말 거야!"

"말 잘했어, 주다인. 인간 세상이나 알아서 해."

"난 당신이 왜 죽으려는지 알아! 유춘시 같은 하이브리드 종족이 나타나 인간을 지배하고 오리지널 뱀파이어를 죽이려 하니 감당 안 되는 거겠지? 창피해서 죽고 싶은 거 아니야? 네가 왕좌에서 물러나는 날이 다가오니까!"

이때 한철영이 송곳니를 길게 늘어뜨리면서 듀이에게 달려들어 멱살을 잡아채 그대로 벽에 내던졌다. 듀이는 잠시 가만히 앉아 있었다. 다인은 그에게 달려갔다. 듀이는 바닥에 쓰러졌다. 다인은 듀이의 멱살을 잡고 시선을 마주쳤다.

"괜찮아? 듀이 박사!"

"너 나를 좋아하지?"

듀이의 말에 다인은 시선을 돌렸다.

"우리는 인간의 마음 속을 읽을 수 있어. 어느 정도는. 넌 날 좋아해. 이유는 모르겠지만."

"그, 그건 네가 절대적 뱀파이어니까. 너에게 내가 살아갈 방법을 알아낼 수 있으니까!"

"그래? 그럼 지구상 인간은 모두 스승을 사랑해? 그건 아니잖아, 후후후. 뱀파이어를 사랑하는 인간이라, 불쌍하군. 아니 나야 말로 불쌍하지. 난 그런 인간을 모두 먼저 보내고 홀로 외롭게 남았으니까."

듀이는 잠시 먼저 간 부인과 아이들을 생각했다. 다인은 눈물을 눈에 가득 담고 외쳤다.

"내가 왜 인간이야! 난 뱀파이어가 됐잖아!"

"아니, 인간으로 돌아갈 거야. 내가 애초에 그렇게 설계했어. 처음에 암세포를 내가 추출했을 때, 급작스러운 변화로 신체가 감당하지 못하니까 뱀파이어의 유전자를 주입해 강한 신체로 만들었지만, 이제 곧 인간 본성의 모습을 찾을 거야. 그렇게 되면 후회나 하지 말도록. 지금 같은 강한 힘과 솟구치는 동력은 두 번 다시 오지 않을 테니까. 그냥 평범한 인간이 되고 노화도 올 거야. 하지만 그게 행복이라는 걸 잊지 마. 흐르는 시간에 맞춰 살아가는 것, 가족과 주변 친구들과 같이 늙는 것, 나이에 맞는 인생을 사는 것, 그게 바로 진정한 행복이야. 영원한 젊음은 오히려 저주나 마찬가지야."

이때 유춘시는 몸을 그대로 날려서 다인을 들고 벽에다 던졌다. 그리고 듀이에게 달라붙어 그의 목덜미를 물었다.

"그르르르르르르르."

듀이가 몸이 늘어지면서 바닥에 쓰러졌다. 그때 어디선가 어둠 속에서 기어오는 무리가 있었다. 민머리에 눈에는 붉은빛이 감돌고 입가에 침이 흐르면서 송곳니가 비죽 튀어나와 있었다. 그르르르르르, 신음을 내며 기어오는 뱀파이어들은 모두 유춘시에게 머리를 조아리고 두 손을 높이 쳐들어 경배하듯이 기어올랐다. 수십의 뱀파이어들이 엉키면서 유춘시의 온몸을 장막과 두건으로 가렸다. 뱀파이어들이 천장을 향해 고개를 들고 울부짖었다. 그 소리가 잦아들면서 경건한 분위기로 접어들자 뱀파이어들에 가려진 유춘시가 드디어 모습을 드러냈다. 그는 검은 두건을 벗어 모습이 드러났다.

아, 다인은 눈을 감았다. 진정한 악의 화신이었다. 절대 권력과 힘을 가진 새로운 생명체. 영원불멸한 생과 더불어 인간들을 지배할 권력자.

유춘시와 눈이 마주치자 다인은 그대로 시선을 돌렸다. 유춘시의 몸에서 불같이 환한 빛이 사방으로 펼쳐지면서 드디어 악의 탄생이 시작되었다. 세경은 유춘시 곁에서 보좌하는 한철영을 알아보았다. 그는 엄청나게 벌크업된 몸으로 유춘시에게 덤비는 주미를 그대로 메다꽂았다.

다인이 쌍검을 들고 날아올라 유춘시에게 덤볐지만 유춘시의 손가락 하나에 그대로 뒤로 나가떨어져 벽에 부딪혔다. 다인은 절망했다.

듀이는 부상에 주미와 세경, 자신은 저들의 상대가 되지 못한다. 명예로운 죽음을 맞이할 수조차 없다. 이제 저들이 이 방공호에서 풀려나면 인간 세계는 무너지고 뱀파이어가 지배하는 새로운 세상이 온다. 그것만은 막아야 한다!

다인은 일어나 세경을 공격하는 한철영에게 달려갔다.

죽음의 라스트 댄스 그리고
다시 불타오르는 생명력

듀이와 탐정단 대 뱀파이어 하이브리드들과의 싸움이 이어졌다. 다인이 한철영을 제압했지만, 유춘시의 손짓 하나에 뒤로 나가 떨어졌다. 이대로 가다가는 모두 전멸할 것이다. 위기감이 밀려왔다. 유춘시는 다인을 손에 쥐고 뒤흔들었다. 치열한 싸움 끝에 잠시 숨을 고르던 주미가 갑자기 외쳤다.

"세경아!! 너 은반지, 은목걸이 그거 줘봐."

"이거는 왜?"

"시간 없어. 은탄환 다 떨어졌어, 제발."

"아, 알았어. 이거 소중한 사람이 준 거야. 잘 가라. 티파니 반지, 목걸이야."

세경은 묵주 은반지와 은목걸이를 주미에게 건넸다. 주미는 손바닥에 은반지 등을 넣고 힘을 주었다.

"으다아얍!"

손바닥에 넣고 강력한 힘을 주자 은반지와 은목걸이가 둥글게 뭉쳐졌다.

"은탄환 효과 있을까?"

"모르지. 하지만 다인이가 위험한데 가만히 있을 수는 없어!"

주미는 말을 마치자마자 다시 은반지를 꽉 주물러 둥글게 만들어 슬링에 끼웠다.

"유춘시! 간다아아아아아!"

주미는 슬링의 고무줄을 잡아당겨서 뒤로 엄청나게 당겼다. 강력한 텐션과 함께 고무줄이 팽팽해졌다.

"이하야야합!"

슬링으로 쏜 은탄환이 엄청난 속력으로 유춘시에게 날아갔다. 은탄환은 유춘시의 목젖을 정확하게 꿰뚫었다.

"내가 노린 게 저거야. 몸이 비대해지고 유연성이 늘어난 반면 근육의 강도는 떨어졌다고 판단했지."

목에 구멍이 뚫린 유춘시는 다인을 엉겁결에 손에서 놓치고 주미와 세경을 노려보았다.

"그르르르르!"

그는 분노에 차서 토리스 부인과 가미를 팔로 휙 날려버렸다. 그러고 나서 주미와 세경을 향해 달려들었다. 토리스 부인이 축 늘어진 가미의 손을 붙잡고 울었다. 토리스 부인의 얼굴과 온몸에서 땀과 같은 물이 줄줄 흘러내렸다. 듀이가 다가와 토리스 부인과 손을 붙잡고 눈을 감고 힘을 모았다. 이 둘의 얼굴 위로 후광 같은 오로라가 생겨 어둠 속을 환하게 비쳤다. 유춘시는 환한 빛에 못 이기고 눈을 감고 말았다. 토리스 부인과 듀이가 손을 맞잡고 그대로 빛처럼 빠른 속도로 유춘시의 심장을 향해 달려나갔다.

"이건 가미뿐 아니라 어르신들의 복수닷!"

토리스 부인은 앙칼지게 외치면서 그대로 듀이와 유춘시의 심장을 관통했다. 유춘시가 엄청난 괴성을 질렀다. 괴성과 함께 천지가 흔들리면서 방공호 천장에서 돌들이 굴러떨어졌다. 주미와 세경은 하이브리드들의 공격에 쓰러진 다인을 감싸서 몸을 바싹 엎드렸다.

유춘시의 몸을 관통한 토리스 부인은 빛과 함께 사라졌고 듀이는 온몸이 잿빛이 되어 그대로 바닥으로 떨어져 버렸다. 유춘시는 토리스 부인과 듀이의 공격에 무릎을 꿇었다. 관통된 심장에서 빛이 흘러나왔다. 유춘시가 다시 일어나려는 순간 다인이 외쳤다.

"지금이야! 우리 모두 힘을 합쳐!"

다인은 그대로 달려가 세경의 목을 잡고 짓누르는 유춘시의 다리를 머리로 들이받았다. 유춘시가 주춤거리며 넘어지자, 주미가 건네는 슬링 줄로 칭칭 감고 돌리면서 밀어붙였다.

유춘시가 다인의 초인적 힘에 밀려 벽까지 끌려갔다. 다인의 온몸에서 불이 활활 타오르는 듯한 후광이 뿜어져 나왔다. 주미가 놀라움에 입을 열었다.

"저, 저게 바로 핵융합해서 엄청난 에너지가 나오는 걸 거야. 생체의 핵들이 융합해서 폭탄 같은 힘이 나오는 거라구!"

"오주미, 수소 폭탄 같은 거라고?"

"말하자면 그래! 인간이나 뱀파이어나 위기의 순간에 나오는 에너지가 있다고 들었어! 우리도 어서 다인을 돕자."

주미는 자신에게 달려드는 다키니들을 도끼로 물리쳤다. 다키니들은 뒤로 물러났다. 세경은 한철영을 메이스로 날려 목숨을 끊었다. 세경과 주미는 유춘시의 옆과 뒤로 달려들어 그대로 무기를 내리쳤다.

"으다아아아아아아아아아!"

천지가 울리는 기합 소리와 함께 유춘시에게 도끼와 메이스를 내리쳤다. 그리고 다인이 그대로 검으로 목을 날렸다. 땅이 뒤흔들리는 진동이 그대로 그녀들의 몸을 들썩이게 했다. 그리고 유춘시는 그대로 얼굴과 몸이 흔들리더니 모래처럼 사르르 부서져 내렸다. 바람이 휘몰아치면서 다키니들과 하이브리드들은 어디론가 슬며시 모습을 감추기 시작했다.

비현실 같았다. 거대한 악의 세력이 무너지다니! 다인은 순간 눈을 감았다.

어디선가 미풍이 불어왔다. 기절할 것 같은 피로감이 미풍에 씻겨갔다.

다인이 슬며시 눈을 뜨려는데 그녀의 뺨에 부드러운 손길이 느껴졌다. 듀이 박사의 손이었다.

"듀이! 듀이! 듀이 박사!"

다인은 큰소리를 내 그를 부르면서 주변을 둘러보았다. 하지만 그는 아직도 바닥에 쓰러져 있다. 주변은 여전히 방공호였다. 어디선가에서 부는 음산한 바람이 다인의 뺨에 와닿았다.

진동 여파에 넘어져 있던 세경이 일어나 다인의 팔을 잡고 일어 났다. 저만치 떨어져 넘어져 있던 주미도 서서히 일어섰다.

유춘시가 사라지자 하이브리드 잔존 세력과 전명구가 슬그머니 방공호 안쪽으로 사라졌다. 모두 부상을 입어 더는 싸움을 지속하 기 어렵다는 판단이었다.

다인은 몸을 천천히 일으켜 듀이에게 다가가 그의 얼굴을 무릎 에 올리고 손으로 쓸어내렸다.

"듀이! 정신 차려요, 힘을 내요."

듀이가 힘없이 눈을 떴다. 다인의 눈에서 눈물이 흘러내렸다.

"이제야 알아버렸어…. 듀이, 당신은 헌신과 희생이라는 인간의 이상적 가치를 받아들이면서 노쇠해져 갔어요. 그리고 신체의 쇠약 함과 고통을 이겨내기 위해 죽음으로 가고자 했던 거죠? 맞죠? 다 느끼게 되었어요. 당신의 아픔을…."

듀이는 힘없이 고개를 끄덕였다.

"왜 뱀파이어의 본성을 거스르고 인간처럼 살고자 한 거죠? 왜? 왜 사람을 돕는 건가요?"

듀이는 창백한 얼굴에 희미한 미소를 띠었다.

"그, 그건 인간의 진심을 알아버렸으니까…."

"네?"

"주다인, 당신이 나를 생각하는 마음을 알았으니까 더더욱 멈출 수 없었어…. 뱀파이어는 인간과의 가족은 만들 수 있지만 진실로 사랑하는 마음을 깨닫기에 수백 년이 흐르지…. 그만큼 뱀파이어는 냉혈한이니까…. 난 가족들이 먼저 가는 슬픔을 겪고 다시는 사랑하는 인간을 곁에 두지 않았어. 하지만 당신의 정의를 추구하는 마음과 사람에 대한 진심을 알고 더 쇠약해져 갔지."

듀이는 말을 마치고 다인의 손을 잡고 부탁했다.

"이제 평범한 일상으로 돌아가…. 다시는 뱀파이어들의 싸움에 끼지 마. 내가 지켜줄 수 없을 테니…."

듀이는 마지막 말과 함께 그대로 빛이 되어 소멸했다. 다인의 무릎에 한 줌의 재가 남았다. 다인은 재를 손으로 집어 꽉 쥐었다.

"듀이!"

다인은 울음을 터뜨렸다. 세경과 주미가 다가와 다인을 다독였다. 다인은 재를 조심스럽게 호주머니에 넣었다. 이때 기절해있던 가미가 천천히 손가락, 발가락을 까닥거리면서 몸을 일으켰다.

"엄, 엄마…."

까무룩 다시 정신을 잃은 가미에게 세경이 다가가 응급처치를 했다. 깨어나면 토리스 부인이 유춘시를 없애기 위해 희생을 한 과정을 설명해야 했다.

다인은 울음을 애써 참으며 곰곰이 듀이를 돌이켜보았다. 병원을 설립해 인간을 치료하고자 했고 그 과정에서 뱀파이어가 된 사람도 생겼다. 아마 그 때문에 듀이는 후회도 했을 것이다. 그런 후회, 미안함 그리고 사랑, 헌신과 희생이라는 가치를 우선하던 듀이는 무너져 내린 것이다. 그는 인간의 진심을 알아버려서 노쇠해가는 거였다. 악이 아니라 선을 받아들여서.

천성적으로 악을 숭상하고 살육을 하는 뱀파이어의 본성을 거슬러 쇠약해진 상태에서 하이브리드들의 공격을 받은 것이다. 그리고 유춘시가 인간을 지배하는 것을 막고자 본인을 희생한 것이다.

다인은 정신을 차렸다.

'어서 여기를 빠져나가자! 평화를 위해 희생한 듀이와 토리스 부인을 위해서라도.'

다인은 세경과 주미, 가미를 데리고 방공호를 나섰다.

고블린 옷에 온통 먼지와 흙과 뱀파이어와 전투하다 얻은 비릿한 냄새가 배어 있다. 여기에서 나가면 옷부터 빨아야겠다는 생각이 들었다.

다시 찾아온
새로운 세상

동대문 안쪽의 수선집에 찾아간 주미는 커다란 쇼핑백을 수선집 사장에게 건넸다.

"삼촌, 빨아오기는 했는데 여기저기 다 찢어지고 난리 났어요."

"참, 코스프레도 요란하게 한다. 알았어. 수선해줄게. 사이즈 늘릴 필요는 없는 거지?"

"네."

"참, 주미야. 지난번에 네가 근무하는 고등학교 학생들이 찾아와서 네 이야기가 나왔는데, 너 정말 암 투병하다 완치된 거야? 나도 주변 상인 중에 암 걸린 사람들도 있어서 투병이 정말 힘들다고 들었는데. 어때, 지금은?"

주미는 싱긋 미소를 지었다.

"히히히. 엄청나게 투병도 힘들고 낫는 것도 힘들었고 무엇보다 그 이후가 더 힘들었죠. 정말 죽다 살아났어요."

"그렇구나. 앞으로도 식생활 잘 관리해야 돼. 내가 들은 바로는 단백질과 채소 과일 위주로 먹고, 몸을 따뜻하게 하고 스트레스 받지 말고. 아 그리고 화학제품 과다하게 쓰면 안 돼!"

"네. 그런데 삼촌, 이왕 고치는 김에 칼 맞아도, 아, 아니 넘어지고 어디에 부딪혀도 찢기지 않게 가죽을 덧대서 좀 더 옷을 강하게 고치는 방법이 있는지 봐주세요."

주미는 수선집 사장의 수다를 들어주면서 여기저기 꿰매고 손볼 부위들을 가르쳐주었다.

세경과 승훈은 발라드 가수 폴킴의 콘서트를 보고 나오는 길이었다. 둘은 석양이 지는 낙엽 가득한 공원 거리를 걸었다. 세경은 트렌치코트의 깃을 세우고 승훈은 점퍼 지퍼를 슬쩍 올렸다. 선선한 바람이 그들의 뺨에 스쳤다. 어느 순간 두 사람은 두 손을 꼭 잡고 있었다.

"아얏, 아파요. 왜 이렇게 악력이 세요? 헬스 트레이너라 그런가?"

"아, 미안. 승훈 씨! 헤헤."

세경은 미소를 짓는다.

"참, 세경 씨. 하고 싶다는 말이 뭐예요? 오늘 말해주기로 했잖아요."

"그게 참…. 우리 커플 목걸이랑 반지, 제가 정말 어려운 사람들 돕기 위해 기부했어요."

"네에? 아, 그런 일이 있었구나. 좀 서운하기도 하고 그런데."

"걱정 마요. 나 직장으로 완전 복귀해서 더 좋은 거 살 수 있어요, 승훈 씨."

"그게 하고 싶다는 말이었어요?"

"아, 아뇨, 그것보다는 음, 저…. 우리는 지금 어떤 사이인가요?"

승훈의 볼이 붉어졌다.

"매주 한 번은 세경 씨와 만나고 그리고 손을 잡고 다니고, 그리고…."

"그리고?"

"세경 씨와 같이 있고 싶은 마음이 자주 들어요."

"그렇다면 내가 좀 이상한 존재여도 괜찮은가요?"

"이상한 존재?"

"네. 음…, 뭐랄까. 좀비 같은 존재라면 어때요?"

"좀비?"

"아니, 좀비라기보다는 그냥 좀 힘이 세고 덜 익힌 스테이크를 좋아하고 그리고…."

"세경 씨."

승훈은 세경과 마주 서서 눈을 맞추었다.

"난 세경 씨가 사회적으로 인정받는 직업을 가져서 좋아하는 것도 아니고, 그리고 힘이 세고 스테이크를 좋아해서 좋아하는 것도 아닙니다. 그냥 세경 씨를 좋아하는 거예요."

세경은 진심이 담긴 승훈의 눈을 보았다. 그러다 고개를 끄덕였다. 세경의 눈에 살짝 눈물이 어렸다.

"고마워요, 그 마음이 고마워요."

해가 뉘엿뉘엿 내려오면서 석양 노을이 그들 곁으로 드리워졌다. 세경은 승훈을 껴안았다. 승훈의 손가락이 살포시 세경의 어깨 위로 놓였다.

몇 개월 후 화창한 날, 다인은 듀이 암 케어 병원의 뒷산에 올랐다. 무덤들 중에 하나가 듀이 박사의 것이라고 프런트에서 안내를 받았다. 실종되어 시신을 찾지 못했으나, 듀이가 남긴 유언장에 따라 묘비명을 썼다고 들었다.

> [존 듀이 주니어, 이곳에 잠들다.
> 그는 수많은 암 환자들을 살리고 영면에 들었다.]

다인은 손에 든 수국 꽃다발을 듀이 무덤에 내려놓았다. 잠시 내려다보다 그대로 무덤 앞에 앉았다. 손수건을 꺼내서 열었다. 고이 간직한 듀이의 재 한 줌을 빼서 무덤에 뿌렸다.

"듀이, 그렇게 죽고 싶어했는데 행복한가요?"

다인은 궁금했다. 자신은 죽기 싫어 그를 찾아가 치료를 받았고, 듀이는 죽기 위해 자신을 치료한 거였다.

인생에 앞으로 힘든 일이 없을까. 그걸 겪지 않고 죽는 게 행복한 걸까. 아니면 살아서 인생을 잇는 게 행복한 걸까. 다인은 한 가지는 확신을 했다. 내가 살아있는 이유는 누군가에게 무언가 도움이 되기 때문이다.

다인은 숄더백에서 소주를 꺼내 잔에 따라 듀이의 무덤에 뿌려주었다.

"듀이, 그곳에서는 편안하시길….."

다인은 산바람을 맞으면서 천천히 내려왔다.

오솔길로 접어들어 듀이 병원이 보이는 곳까지 내려오자 마음이 편안했다. 훈훈한 바람이 살랑거리면서 다인의 얼굴을 간질였다. 살아있다는 생명의 느낌.

다인은 산에서 새로 나는 나뭇잎과 풀, 그리고 온몸에서 올라오는 생동력을 느끼면서 산을 내려왔다.

끝

집필 후기

이 작품은 유방암 수술을 받고 항암 이후 힘든 시기에 쓰기 시작했습니다. 항암을 하고 어느 정도 지나 가발을 쓰고 북오션 출판사를 방문했습니다. 대표님과 실장님과 차를 마시면서 뱀파이어 이야기가 드라마로 나오는 것도 좋을 것 같다는 이야기를 들었습니다.

실장님은 '천년의 무게'라는 부제를 지어주셨고, 대표님은 여러 이야기를 해주셨습니다.

저는 제가 겪고 있는 힘든 질병을 가진 20대 여성들이 새롭게 뱀파이어로 태어나 생명을 유지하게 된다는 설정을 가져왔습니다. 그리고 한편 천년 이상을 산 뱀파이어는 죽고 싶어 이들의 암세포를 이용한다는 그런 이야기를 지어나갔습니다.

순조롭게 글을 쓰던 중에 집에서 굽 있는 슬리퍼를 신고 미끄러운 매트를 밟고 넘어지는 바람에 발목에 수술을 받는 일이 있었습니다. 먹던 항암제가 여성 호르몬 차단제여서 뼈가 약해져 있어 큰 부상을 입었습니다.

몇 개월간 걸을 수 없어서 휠체어를 타고 목발을 짚었습니다. 집 밖으로 쓰레기 버리러 나가는 일도 가족과 아파트 경비실장님이 도 와주었습니다. 은행에 가서 문턱을 넘어 들어가는 것도 직원이 도 와주었습니다. 정말 많은 분의 도움으로 생활을 했습니다.

밤마다 내일은 반드시 걷게 해달라고 빌었지만, 너무도 깊은 심 연 속으로 들어갔습니다. 아침에는 그래 다시 일어나 열심히 해보 자 하는 심정으로 재활 선생님과 뜨거운 태양 아래에서 걸음 연습 을 했습니다.

2023년 여름 재활을 매일매일 하던 경험을 영원히 잊지 못할 것 같습니다. 이 자리를 빌어 재활 선생님에게도 진심으로 감사의 인 사 전합니다.

지금은 천천히 걷고 있습니다. 항암을 하면서 다 빠진 머리가 나 게 되는 시점은 갓난아이처럼 느껴졌습니다. 재활을 하면서는 걸음 마를 배우는 아기처럼 몇 개월을 천천히 일어나고, 앉고, 계단을 붙 잡고 내려갔습니다. 정말이지 기초부터 일상을 배워 나갔습니다.

어느 정도 걸을 수 있게 되면서 '뱀파이어 탐정단, 천년의 무게' 집필을 다시 시작했습니다. 무척 아프고 좌절하고 힘들었던 시간이 지나가는 경험을 하자, 오래도록 산 뱀파이어의 고뇌와 인간의 생 의 유한함을 깨달았습니다. 그리고 "인생은 짧고 예술은 길다"라는 명언처럼, 제가 남긴 글은 오래도록 남을 거라는 예감도 들었습니다. 그래서 이 작품을 마칠 수 있었습니다.

　가족들, 동료 선후배 작가들, 친한 학부모들 그리고 북오션 식구들에게 무척 감사한 마음이 듭니다. 힘든 시간을 겪는 사람들은 묵묵히 지켜봐주시고 약간의 격려가 큰 힘이 된다는 걸 깨우친 기적 같은 시간을 보내면서 쓴 이 작품을 마칩니다.

　독자님들께 언제나 김재희 추리월드로 찾아가겠다는 약속을 드리면서 다음번에도 초대장이 발송되면 꼭 와주셔서 소설을 통한 새로운 인생의 경험을 해보시기를 바랍니다.

　　　　　　　　　　　　　　　　　　　2024년 봄 김재희